天空の詩人 李白

目次

◉澄懐集 題字　陳舜臣
◉装幀　坂野公一（welle design）

天空の詩人　李白

1

全集の刊行が終了し、『陳舜臣読本 Who is 陳舜臣』が企画されたのは、二〇〇二年ごろであったとおもう。初期の私の作品を評価して、よく論評した吉田健一はじめ、私や私の作品について書かれた文章・対談などを集めようということだった。私はべつに新しく文章をかく必要もなく、作家の名を冠した読本なるものは、作家にとってはらくなものだとおもっていた。

ところが、最終段階になって、編集者からやっぱり作家のことばがほしい、という希望が出された。そしてこれからかきたいテーマや人物、というタイトルまで用意してきたのである。

――ちょっと待ってほしい。

と、私は言った。

かきたいテーマや人物がないわけではない。だが、タイトルにそう謳《うた》ってしまえば、私は半ば公約したことになる。そんな荷を背負うのはいやなので、読本に寄稿することは承知するが、「これからかきたい」などというキャッチ・フレーズめいたことばは、はずしてほしいとお願いした。

そのときにかいたのが、「大空の詩人　李白」と題する文章であった。十数枚にすぎなかった。これで私は自分が関心をもっているのが李白であることを、公約ではなく、エッセイの形で、読者に伝えることができたとおもう。

じつは李白にかんしては、これまでに短い文章でなんどか書いている。たとえば私の『中国詩人伝』（一九八八年刊）は、中国の詩人二十七人をえらんで論評したが、そのなかにはとうぜん李白がはいっている。なぜ二十七人かといえば、私の最初の全集が全二十七巻であり、その月報に一人ずつ書いたからなのだ。いうまでもなく、李白のところもきわめて短い。ほかに遣唐使として入唐し、ながいあいだ唐の高級官僚として滞在した阿倍仲麻呂が、帰国の途中乗っていた船が難破して死去したしらせ（これは誤報で、じつはベトナムに漂着）をきき、李白が悼《いた》んだ詩を、文人の友情の話として紹介したこともある。だが、真正面から、李白をとりあげたことはなく、だから、これからかきたい人物として、彼を心の中で温存していたのである。

なぜ李白に興味をもったのか？

彼はわからない人物だったからである。

当時、すくなくとも世に出た「士」と呼ばれた人は、出自が周知され父は誰、祖父は誰とはっきりしていた。ところが李白は父の名すらわからない。これは異常なことであり、身分制度のはっきりしていた当時では、「これではまるで庶民ではないか」といわれたはずである。だが、彼はつき合っている人たちや詩の内容からみると、どうやら「士」のほうであるらしい。すくなくとも「庶」ではないとおもえる。

李白とならび称されて来た杜甫は、飢饉《ききん》にあい、食を求めて各地をさまようという、悲惨な体験をしたが、それでもれっきとした士族であった。父は杜閑、母は崔氏、祖父は唐初の詩人杜審言で、代々中級の官僚であり、遠祖に左氏伝の注釈家、晋の杜預がいる。その杜預から十三代の杜審言まで、歴祖の名はすべてわかっていた。それなのに李白は父の名さえ伝わっていない。

『新唐書』の李白伝は、

――李白　字は太白、興聖皇帝九世の孫。

と、書き出されている。もしそうだとすると、唐の帝室と祖を同じくすることになり、にわかには信じがたい。興聖皇帝はおくり名で、本姓は李氏で諱《いみな》は暠《こう》、ふつう武昭王と呼ばれる。皇帝といっても領地は西北の小国にすぎない涼である。このあたりで国を建てると、たいてい「涼」と名乗る。李暠の涼はふつう西涼という。五胡十六国の一つにすぎず、敦煌あたりを地盤とし、国を建てても西涼は二十年ほどで亡びた。四〇〇年から四二一年の短期王朝である。それでも皇帝は皇帝だし、二代の李歆で亡びて係累はすくないので、ご先祖に祭りあげるには都合がよかったのであろう。唐の李氏はわが先祖は李暠だといい、同姓のよしみによって、李白もそうしたのだろう。その当時でも、誰もそんなお伽噺《とぎばなし》を信じなかったはずだ。

『新唐書』の李白伝は遠祖のことを述べたあと、

――其の先（祖）、隋末、罪を以て西域に徙《うつ》され、神竜の初め、遁れ還りて巴西に客たり。

とある。

李白は長安元年（七〇一）に生れた。彼の先（祖）は罪を以て西域に徙され、神竜の初めに遁れ還って、四川の西部に住んだという。

神竜という元号は、二年すこししか用いられなかった。じつはこれはもとは唐の元号ではなく、唐の高宗の皇后であった武則天という女性が一時唐を乗っ取って、周という王朝を建てたときの元号である。武則天のあと、彼女と高宗の子の中宗が唐朝を回復し、やがて改元して、「景竜」とした。だから神竜の初めとは、その元年の七〇五年にきまっている。

李白は七〇一年に西域に生まれ、七〇五年に四川に移ったのである。李白の母の素姓もまったくわからない。李白は漢人と胡人との混血児ではないかという説もあった。あるいは李白その人も胡人ではないか、と考える人もいたのである。

李白胡人説では陳寅恪《ちんいんかく》（一八九〇―一九六九）の説が最も有名であり、それにたいして、郭《かく》沫若《まつじゃく》（一八九二―一九七八）が反論したことは有名である。私はこれを勝負のつかない論争だとおもっている。

それよりも、私は唐代の気風が、文書に書かれたものより、実際はもっとボーダーレスであったようにおもう。

国防の最重要ポストである、国境の節度使に雑胡の安禄山を任命したりする。『新唐書』には安禄山の本姓は康であったとする。安や康という姓はソグド族に多く、母は突厥であり、混血だから雑胡という。安禄山はアレキサンダーの音訳だという説さえある。その安禄山を討伐に行った高仙芝《こうせんし》は高句麗出身だし、その後任の哥舒翰《かじょかん》は突騎施（西突厥の一派）の末裔だった。盛唐文化の中心にいた秘書監（文書長官）は日本の晁衡《ちょうこう》（阿倍仲麻呂）である。外国人が政府高官になることを、誰もあやしまない。

かといって民族的偏見がまったくなくなったのではない。

安西節度使だった夫蒙霊詧《ふもうれいさつ》が、副都護の高仙芝が自分を通さずに直接に長安へ勝利をしらせたことに立腹し、彼を罵倒したことばが、『旧唐書』につぎのようにのっている。

――噉狗腸高麗奴、噉狗屎高麗奴！

正史に出ていることばだから、事実であろう。直訳すれば、「狗の腸を噉《くら》う高麗の奴め、狗の屎《くそ》を噉う高麗の奴め！」というひどい民族的偏見である。ところが注目すべきは、こんな罵詈を浴びせた夫蒙霊詧が、漢族ではなく、チベット系の西羌族だったことだ。罵り合いは、会津と薩摩の口論のかんじで、げんに二人は同じ陣営の、上役と部下の関係なのだ。国内の地域差による争いで、これはどこにもある紛争であろう。

唐は内部にさまざまな問題をかかえていたが、境域を越えた世界帝国であった。そしてその時代を象徴する詩人が李白であったといえるだろう。李白胡人説の当否はともあれ、彼は同時代の詩人のなかでは、いささか変わった人間だったのである。

李白の代表作はなにであろうか？　それは挙げる人によって異なるであろう。人口に膾炙《かいしゃ》しているものからえらぶべきだろう。できれば『唐詩選』に収録されているものがよい。とくに日本ではこの本で唐詩に親しんでいるから。

誰でも知っている詩といえば、「子夜呉歌《しやごか》」であろう。子夜という女性が作った呉の歌といわれ、晋の時代の歌謡で、多くの人がそのかえ歌を作った。春夏秋冬の歌があり、子夜四時歌ともいう。李白もそれを作ったが、秋の歌が最も知られている。『唐詩選』に収録されているのも秋だけである。

子夜呉歌　其三

長安一片月　　長安　一片の月

萬戶擣衣聲
秋風吹不盡
總是玉關情
何日平胡虜
良人罷遠征

万戸　衣《ころも》を擣《う》つ声
秋風　吹いて尽きず
総《すべ》て是《こ》れ　玉関の情
何《いず》れの日か　胡虜《こりょ》を平らげて
良人《りょうじん》　遠征を罷《や》めん

ほとんど解説は要らない。若い人にとっては「擣衣」（きぬた）がわからないかもしれない。もともと「きぬいた」がつづまったことばで、つやを出すために、布を打ちやわらげる木または石の台、またはそれを打つことをいう。それはもっぱら女性の仕事であった。秋または冬の夜なべのつとめなのだ。

当時、長安は人口百万の都市といわれた。そのころ、ローマはゲルマン系諸族やゴート族との戦いで、衰微して人口三万か四万だからくらべものにならない。九世紀ごろ人口百五十万に達したといわれるバグダッドが、長安とならぶ世界の大都市であろう。

その長安の夜空に月がうかんでいる。満月ではない。さびしげな三日月ていどであろう。月は一つにきまっているが、その下にある長安には多くの住居――万戸、がならんでいる。一と万とのさりげない対照が、よけい一片の月のさびしさを際立たせている。また花のみやこの長安が、一片の月の下にあるということが、寂寥感をさらにつのらせているはずだ。

万戸、という表現は、平面では実感としてあらわれない。夜だからあかりをつけているだろうが、万戸のあかりは、高みに登らなければよく見えない。高所から見下ろすのが、李白の視線なのだ。『陳舜臣読本』で私は李白のことをかいた小文に、「大空の詩人」というタイトルをつけた。これは李白が大空にかけ登って、そこから森羅万象をみつめているというイメージに由来する。

季節は秋、そして秋風はいつまでも吹きつけ、尽きることがないようだ。なぜそんなに吹き続けてやまないのか。それはすべて国境の玉門関に出征している、いとしいあの人への想いをのせているからだ。その想いは尽きることはないのだ。

ああ、いつになったら、えびすを平らげて、良人《あのひと》は遠征をやめて、わたしのところに戻って来ることができるのか？

洋の東西、古今を問わず、出征兵士の妻が良人を想う気持は同じである。しかも彼らを戦いに狩り出したのは、国家の存亡にかかわる重大な問題ではない。軍功を立てたい人間がひきおこした、不義の戦いであった。安禄山の乱の前だとすれば、南詔への遠征であろう。南詔は唐をおそれて謝罪したのに、それでは手柄を立てられないので、楊貴妃のまたいとこで、玄宗皇帝の寵臣の楊国忠《ようこくちゅう》が自分に箔をつけるために強引に出兵したのである。それで唐は大敗したのに、楊国忠は朝廷には敗戦をかくした。昭和の戦争でも、勲章ほしさに軍部が停戦命令を無視したという説もあった。

子夜呉歌は古代の歌謡のかえ歌だが、ここにあげた秋（其三）のテーマはいまの戦にも通じるものがある。冬（其四）もおなじく出征兵士の妻の気持をうたったものだ。

出征した夫は、いま臨洮《りんとう》にいるらしい。そこへわたいれの征袍《せいほう》を届ける。兵馬俑坑《へいばようこう》で発見された武人俑《ぶじんよう》をみると、甲冑《かっちゅう》を身につけた兵士も、マフラーのようなものを、首からのぞかせている。鎧《よろい》がじかに首すじにふれないようにするためだ。唐代では私物もあったようで、わたいれの衣類もそうであったらしい。

駅使という国営の運送業者が各地をまわり配達や収貨をしていたようだ。駅使の出発予定は、はじめからきまっていたようで、それにまに合うように兵士の妻たちは、徹夜で送るものを用意する。

子夜呉歌　其四

明朝驛使發　明朝　駅使発せん
一夜絮征袍　一夜　征袍に絮《じょ》（綿を入れる）す
素手抽針冷　素手　針を抽《ひ》くこと冷やかに
那堪把剪刀　那《なん》ぞ剪刀《せんとう》を把《と》るに堪《た》えんや
裁縫寄遠道　裁縫して　遠道に寄す
幾日到臨洮　幾日《いくにち》か　臨洮に到らん

明朝、駅使が出発するというので、私はひとばんじゅう、征袍に綿を入れたり、素手で針を入れると冷たさが身にしみる。ましてハサミをもつのは、ほんとうにつらい。縫いあげて遠い道のりを駅使に托すが、夫がいるという臨洮に着くのは、いつになることやら。

最初に秦の始皇帝が万里の長城を築いたとき、西の起点は臨洮だった。

——臨洮より起り遼東に至る。延袤《えんぼう》万余里。……（『史記』蒙恬列伝）

とある。臨洮はいまの甘粛省にあり、その名のとおり洮河のそばにあり、そこで採れる石は硯《すずり》の材料としてすぐれ、古来、洮硯とたっとばれている。当時はこのあたりが国境と考えられたのである。

子夜呉歌の春と夏は、一転して古代の物語にもとづいた歌である。それも誰もが知っているストーリーなのだ。

先ず其一は春の歌で、むかしの楽府《がふ》にのっていた。楽府とはかつて為政者が統治の参考にするため、民間にどんな歌がうたわれているか、収集する役所の名であった。そしてそこに集められた民謡も、楽府と呼ばれるようになった。

第一に相当する楽府は、「日出東南隅行」また一名「陌上桑《はくじょうそう》」である。主人公は秦地の羅敷《らふ》という女性で、絶世の美女だがすでに夫がいる。どんな男でもひと目彼女をみれば、その美しさにぼんやりしてしまう。彼女は蚕《かいこ》を飼うのをなりわいとしている。そこへ州の長官がやって来て、誘いかけるのを、彼女はたくみに退ける。州の長官は五頭立ての馬車に乗っていたようだ。威張っている権勢家が桑《くわ》を摘んで蚕を養う、庶民の女性にふられる話に、人びとは拍手したのである。

子夜呉歌　其一

秦地羅敷女　秦地の羅敷女
採桑緑水邊　桑を採《と》る　緑水の辺
素手青條上　素手《そしゅ》　青条の上
紅粧白日鮮　紅粧《こうしょう》　白日鮮やかなり
蠶飢妾欲去　蚕飢え　妾《わらわ》去らんと欲す
五馬莫留連　五馬　留連する莫《なか》れ

この子夜呉歌其一は、色彩豊かな詩である。緑の水、素（白）手、青条（青い桑の枝）、紅粧、白日、と色彩をあらわすことばがならんでいる。

子夜呉歌其二のヒロインは、西施《せいし》である。紀元前四八〇年ごろの呉越《ごえつ》の争いに、呉に敗れた越王勾践《こうせん》が、呉王を堕落させるために、美女西施を呉王夫差《ふさ》に贈った話が伝わっている。

子夜呉歌　其二

鏡湖三百里
菡萏發荷花
五月西施採
人看隘若耶
回舟不待月
歸去越王家

鏡湖　三百里
菡萏《かんたん》　荷花を発《ひら》く
五月　西施採る
人は看て　若耶《じゃくや》を隘《せま》くす
舟を回《めぐ》らして月を待たず
帰り去る　越王の家

若耶渓は会稽《かいけい》の東南にあり、北流して鏡湖にそそぐ。鏡湖のまわり三百里、そこにハスの花がひらき、五月に西施がハスの実をとりに来る。ハスは花のひらかないときは「菡萏」と称し、花がひらくと「荷花」という。しかし、陰暦の五月にハスの実は採れないのだが。

そのころになると、噂の美女を見ようと、若耶のほとりは、見物人で一杯になる。だが西施はすでに呉への献上がきまっていたのか、月が出る前に、舟をめぐらして越王の家に帰ってしまう。同じ子夜呉歌でも、其三、其四ほど社会派的色彩は濃くはなく、著名な歴史上の美女を主人公としているだけ、この其一、其二はよけいロマン派的傾向のつよい詩である。

六行詩という形式は、絶句（四行）や律詩（八行以上）に慣れている人には、すこし異様かもしれないが、形式にこだわらない「楽府」だから生まれたのだろう。

もともと昔の民謡だから、曲があり、それに合わせて、さまざまな形式がある。歌詞は書き写しているから残っているが、曲はいつのまにか失われてしまう。だから唐代の人が、楽府とか新楽府といっているのは、それに名をかりて、自由に作る詩にほかならない。音楽がついていたころの楽府は、どうしてもくり返しが多かったのを、李白を含めて、後代の楽府制作者たちは、そこを改良したのである。

「長安、一片の月」とならんで、李白の詩句として有名なのは、

——白髪　三千丈《さんぜんじょう》

であろう。

人口に膾炙していることにかけては、こちらのほうが「長安、一片の月」より上かもしれない。中国人の誇張癖について云云するときは、きまってこの句が引用される。

しかし、こんな誇張はありえない。

唐代の一尺は三一・一センチで、一丈は十尺だから三メートル余りになる。一丈の白髪はありえない。せいぜいその半分の五尺が誇張の限度であろう。三千丈といえば九キロあまりになる。そんな長い白髪があるはずはない。誰も信じないならそれは誇張ではなく、特別な詩的表現とでもいうべきであろう。

長い長いもの、それは私の想いかもしれない。遠い遠いところ、それは、長安か揚州か。ふ

と鏡を見る。そのなかに自分の白髪すがたがうつっている。秋の霜のようだ。いったいどこから秋の霜が、私の頭に降りてきたのだろうか。

李白は天宝元年（七四二）、長安に赴《おもむ》いて、玄宗皇帝に謁見を許され、翰林供奉《かんりんぐぶ》に任ぜられた。翰林院は玄宗即位後に充実されたもので、皇帝に直属している。定員もなければ、正式の官位もない。思いついたときに呼び出すので、毎日出勤しなくてもよい。だから李白はべつに宮仕えしたとはいえない。李白が酔っ払って寵臣の高力士に鞋《くつ》をぬがせ、そのため二年ほどで追放されたことになっている。李白はなにも勤務中に酒を飲んだのではなく、酔っ払っているときに呼び出されたのである。そもそも翰林供奉には、勤務などはなかったのだ。

追放されて十年ほど、李白は各地を放浪していた。彼が長安から去ったのは、天宝三載（七四四）のことであった。なお天宝という元号は、三年から「年」のかわりに、「載」を用いることにされた。

天宝十四載（七五五）十一月、安禄山は叛旗をひるがえす。その直前に、李白は秋浦という所で、「秋浦歌十七首」を作った。秋浦は現在の安徽省池州市にあるが、唐代は池州と呼ばれていた。白髪三千丈の詩は其十五である。

秋浦歌　其十五

白髪三千丈　　白髪　三千丈
縁愁似箇長　　愁《うれい》に縁《よ》って箇《かく》の似《ごと》く長し
不知明鏡裏　　知らず　明鏡の裏《うち》
何處得秋霜　　何処《いずこ》よりか秋霜を得たる

白髪三千丈、すなわち九キロに及ぶ長い白髪は、いま眼下に見える。ここで私たちは李白の視線が、遥かの高みから下界を見下ろすことを理解する。秋浦の流れは白く光って、どこまでも長くのびている。彼は大楼山という山に登って、ねり絹のような長江を見下ろしていたが、このとき白く光る長江の遠景はとうぜん細くなり、彼の白髪と、一瞬、合体したのだ。しばらくして、彼は現実にかえり、鏡を見ている。その髪の白さにおどろき、どこかで秋の霜をもってきたのではないか、とため息をつく。

李白にため息をつかせた愁いには、いろんなことがまじっていたであろう。大唐の世が、玄宗皇帝の楊貴妃を寵愛することで、やや翳《かげ》りをみせていたことも、詩人の鋭い感覚にとらえられていたにちがいない。

この年、彼は春に秋浦から宣城に去っているから、もちろん安禄山の反乱は知らない。秋浦の歌十七首のうち、其一と其二は十行と八行だが、そのほかは「白髪三千丈」と同じように、ほとんど五言絶句である。其一は序詩にあたるようだ。

秋浦歌　其一

秋浦長似秋
蕭條使人愁
客愁不可度
行上東大樓
正西望長安

秋浦　長《とこし》えに秋に似たり
蕭条《しょうじょう》　人をして愁えしむ
客愁　度《す》う可からず
行いて東の大楼に上《のぼ》る
正西に長安を望み

下見江水流
寄言向江水
汝意憶儂不
遙傳一掬涙
爲我達揚州

下に江水の流るるを見る
言を寄せて江水に向う
汝の意　儂《われ》を憶うや不《いな》や
遥《はる》かに一掬《いっきく》の涙を伝えて
我が為に　揚州に達せよ

天宝十四載の作と伝えられている。前年、李白は金陵（南京）、宣城、南陵、青陽を巡歴し、秋浦で年を越し、この年の夏にまた宣城に去っている。だから、秋浦で秋を迎えていない。

この詩の冒頭に、「秋浦、長《とこし》えに秋に似たり」とある。地名に「秋」があるためか、私は秋に来たのではないが、ここはいつでも秋のように蕭条としてさびしい。旅の愁いはどうしようもなく、私は東のかた大楼山に登り、真西に十年前追放された長安を望み、真下に長江の流れを見た。

ここでも李白は山に登って、下を見るのである。眼下の長江は東のかた揚州にむかって流れる。その流れに私はことばをよせたい。あんたは私をおぼえているか？　ひとすくいの涙を、私のために曾遊の地の揚州に届けてくれないか。

秋浦歌　其二

秋浦猿夜愁
黄山堪白頭

秋浦　猿は夜愁う
黄山　白頭に堪えたり

清溪非隴水
翻作斷腸流
欲去不得去
薄遊成久遊
何年是歸日
雨涙下孤舟

清渓　隴水《ろうすい》に非ざれども
翻《かえ》って断腸の流れを作《な》す
去らんと欲して去るを得ず
薄遊は久遊と成る
何《いず》れの年か是《こ》れ帰る日
涙を雨《あめ》ふらして孤舟に下る

地名の本来の意味をとっかかりにして、詩によみこむことがある。この前の秋浦歌其一でも、今は秋ではないがこの秋浦は秋のようにさびしい、とうたわれた。この其二でも、秋浦は秋ではないが、猿の啼く声はまるで秋の夜のように愁いにみちているとうたいだされている。

黄山という秋浦の南にある山も、黄という色をあらわす文字をもつ。黄山は安徽省南東部にあり、林立する奇岩怪石や渓流の景観がすぐれている。登山口にある歙《きゅう》県は名墨の産地として知られ、水路でつながっている宣城は宣紙の産地で、文化的な土地柄である。文人や画人も大ぜい輩出し、清代、彼らを安徽派、または黄山派と呼んだ。なにもこのあたりの出身ではなくても、黄山の山水を酷愛した人もそれにかぞえる。たとえば山東省出身の法若真は号を黄山としているほど黄山を好んだ。

白髪三千丈のところでも、白髪がこんなに長いのは愁いのためだと言っている。ここにいう「白頭」とは白髪頭のことである。

秋浦という所で、秋でもないのに、夜に啼く猿の声は愁わしげだ。

黄山という山も、その愁いのために、黄色どころか、白髪頭になってしまいそうだ。

清渓というのも地名である。秋浦の近くにあり、そこはもちろん甘粛省にある流れがむせび泣く隴頭《ろうとう》の水ではないが、やはり断腸の流れの音を立てている。

「隴頭歌」というのは、その当時、誰もが知っている歌謡であったようだ。曲は早くから失われたが、俗歌として、

隴頭の流水は　嗚声幽咽《ゆうえつ》す
遥かに秦川《しんせん》を望み　肝腸断絶す

と、伝えられている。

李白はこの歌詞がよほど気に入ったのか、自作の『古詩』其二十二に、「幽咽すること多くは悲声」と、引用している。

断腸の流れをきくと、李白は去ろうとして去ることができず、薄遊（すこしのつもりの滞在）が久遊（ながの逗留）となった。

いつになったら帰れるの？

涙を雨のように流しながら、李白はとぼとぼと小舟におりて行く。

秋浦歌　其三

秋浦錦駝鳥　秋浦の　錦駝鳥《きんだちょう》
人間天上稀　人間《じんかん》と天上に稀《まれ》なり
山雞羞淥水　山雞《さんけい》　淥水《りょくすい》に羞《は》じ
不敢照毛衣　敢えて毛衣を照らさず

――歙州《きゅうしゅう》に駝鳥を産す。

と、『太平寰宇記《たいへいかんうき》』にみえる。私たちが知っているダチョウではない。一名を楚雀といい、その羽毛が美しい。

山雞も美しい鳥で、しかもナルシストだったので終日自分のすがたを水に映し、そのため目がくらみ溺死したと『博物志』（晋の張華撰）にみえる。

秋浦の錦駝鳥は、この人の世にも天上世界にも稀な美しさである。さしものナルシストの山雞でさえ、清らかな水（淥水）の前に恥ずかしくなって、自慢の羽毛をうつしてみることもできないだろう。

錦駝鳥も山雞も実在の鳥らしい。だが、人間と天上に稀なり、といわれると、なにやら空想の鳥めいてくる。ダチョウは唐代でも西域の吐火羅《トカラ》から献上され、『新唐書』にも高きこと七尺、色黒く足はらくだに似て日に三百里を行く、とある。珍らしいが、けっして美しいとはいえない。しかもそんなものは、歙州秋浦に産しない。別名の楚雀なら朝鮮うぐいすのたぐいである。

この世のものでない美しさというが、それよりも空高くとんで、下界を見下ろすイメージが大切である。それこそ李白の視線なのだ。誰もがその美しい羽に恥じて近づかない。その羽とは、李白のもつうつくしいことばであろう。

秋浦歌　其十一

邏人横鳥道　邏人《らじん》は鳥道に横たわり
江祖出魚梁　江祖は　魚梁《ぎょりょう》に出《い》づ

水急客舟疾
山花拂面香

水急《みずきゅう》にして　客舟疾《はや》く
山花　面を払って香《かん》ばし

秋浦に「羅叉磯《らしゃき》」という地名があり、古くから第二字の「人」は「叉」のまちがい、とする説が有力であった。そこは岩石の多い川岸である。なかに天にそびえ立つような背の高い岩もあり、まるで鳥が通う道をさえぎるように横たわっている。

また「江祖石」という有名な岩石もあり、それは魚をとるやなという仕掛けの所から、ぬっと立ちあがっているようだ。

水の流れは急で、旅人をのせた舟ははやくすすむ。岸に咲く花は、舟の客の顔を払うように、かんばしいかおりを放つ。

羅叉とは、「蜂」の異名で、蜂の多い岩だったのであろうか。あるいは蜂の針のようにとがった岩だったのかもしれない。それが鳥の通う道をさえぎるように横たわる。天空にかけのぼろうとする李白にとって、それは気になる岩であったはずだ。

鳥道については、李白の楽府『蜀道難《しょくどうなん》』でも言及されている。

西のかた太白に当りて鳥道有り
以て峨眉《がび》の巓《いただき》を横絶すべし

蜀への道が困難なことをよんだ長い詩であり、秦から蜀への道が、青天に上《のぼ》るより難しいというテーマのはじめのところで、

（秦の）西の方の太白山に鳥道があり、鳥だけが辛うじて蜀の峨眉山の頂上にぬけうる。という意味である。

秋浦歌　其十二

水如一疋練　水は一疋《いっぴき》の練《ねりぎぬ》の如く
此地卽平天　此の地　即ち天《たい》に平らか
耐可乘明月　耐《むし》ろ　明月に乗じ
看花上酒船　花を看て酒船に上《のぼ》る可《べ》し

白髪三千丈は、愁いによって髪が白くなることが、大楼山から見下した景観から発想された。とうぜん遠景である。

これは近景であって、水は一疋のねり絹のようである。疋とは織物二反を単位としたかぞえ方で、一疋のねり絹はかなりはばが広い。それがのびて天にとどく。此の地が天に平らかにつらなっている。そのうえを歩いて行けそうだ。

耐可、は「むしろ」「いっそ」の意味で、ある注釈書には、杭州人が「寧」のことを、「耐」としたとある。李白の時代、浙江の杭州あたりの人が、文化的にも活躍し、その地方の方言も、新鮮にかんじられたようだ。

地面に敷かれたねり絹が、絨毯《じゅうたん》のように天まで平らかなら、いっそのこと月まで行って、花をながめて、酒の船に乗りこみたいものだ。あるいは、天までのぼって花を看るというところで、李白は銀河をイメージしたのであろうか？

杜甫に傾倒した吉川幸次郎は、奔放な李白がいささかにがてであったようだ。幻想に富む李白の詩は、言葉はやさしいようであって、必ずしも読みやすくはない、と評した。そしてその一例として、この「秋浦歌」の其十二を挙げている。

2

漢詩のジャンルのなかに「詠史」というのがある。歴史上の事実を詠ずる詩歌で、その詩の題に「懐古」とか「覧古《らんこ》」がよく用いられている。

李白にも「蘇台《そだい》覧古」や「越中《えっちゅう》覧古」がある。中国では誰でも知っている「呉越」の争いがあった。春秋時代（前七七〇―前四〇三）の末期の史実で呉王夫差《ふさ》（？～前四七三）と越王勾践《こうせん》の争いの物語である。

いまの蘇州の西の姑蘇山《こそさん》に呉王夫差の宮殿があった。夫差の父は越を討って敗死した。子の夫差は名臣伍子胥《ごししょ》の輔佐をうけいつも薪のなかに臥し（臥薪《がしん》）、出入りする人に「おまえの父が越に殺されたのを忘れたか！」と言わせた。呉が着々と報復戦の準備をしていることを知り、越王勾践は機先を制して呉に攻めこんだが、大敗して会稽山に包囲され、屈辱的な降伏をしなければならなかった。こんどは越王勾践が、にがい胆《たん》をなめて（嘗胆《しょうたん》）、「汝、会稽の恥を忘れたか！」と、自分を叱ったという。そして范蠡《はんれい》という名臣の輔佐を受け、内政を整備し産業を興し、軍備の増強につとめた。そして恭順を表わすため、みずから呉に赴いて御機嫌伺いをした。時機の到来を待ったのである。そして正史には記載されていないが、勾践は夫差を堕落させるために、越の美女西施を、呉に贈ったといわれている。また呉は功労のあった名臣の伍子胥を、讒言のために殺してしまった。これも越のたくらみであったという。

伍子胥は死ぬ時、

――我が墓上に梓《あずさ》を植えよ。以て器（棺）をつくらしめん。我が眼を抉《えぐ》りて呉の東門の上にかけよ。以て越が呉を滅ぼすを観ん。

と、言った。これは紀元前四八五年のことであった。呉王夫差は怒って、「お前には墓なんぞあるものか！」と、馬の皮でつくった袋に屍体をつつんで、長江に投げこませた。

呉王夫差は、野心をふくらませ、中原で覇者争いに加わった。長江と淮河をつなぐ運河をつくり、続々と精兵を中原に送りこんだ。運河工事や出兵などで、呉はしだいに国力を疲弊させていた。

夫差は運河や北伐のほか、越から献じられた美女西施と遊ぶのにも忙しかったであろう。越は呉の国力が北伐や贅沢のために衰弱するのを、冷静に看察していた。会稽の恥から二十年後、勾践はしだいに兵をうごかした。紀元前四七三年、ついに呉王夫差は越に囲まれて自決してしまう。

蘇臺覽古

舊苑荒臺楊柳新
菱歌清唱不勝春
只今惟有西江月
曾照呉王宮裏人

旧苑荒台《きゅうえんこうだい》　楊柳《ようりゅう》新《あら》たなり
菱歌《りょうか》の清唱　春に勝《た》えず
只今惟《た》だ有り　西江の月
曾《か》つて照らす呉王宮裏《ごおうきゅうり》の人

この「蘇台覧古」は姑蘇山にあった呉王の宮殿跡を訪ねて、昔のことをしのんだ詩である。ふるい庭苑や荒れはてた高台、そのなかで楊柳だけが新しい芽を出している。菱歌とはひしの実をつむ女たちの清らかな歌声で、それをきくと、春の季節のいきおいにたえきれなくなる。

李白の時代より千二百年も昔のことに思いをめぐらしながら、彼は現在の自分にかえる。西の川にかかる月があるだけではないか。かつて呉王夫差の宮殿にいたという西施たちを照らしていたおなじ月ではないか。

越中覧古

越王勾踐破呉歸
義士還家盡錦衣
宮女如花滿春殿
只今惟有鷓鴣飛

越王勾践　呉を破って帰る
義士家に還《かえ》りて尽《ことごと》く錦衣《きんい》
宮女は花の如く春殿に満つ
只今惟《た》だ鷓鴣《しゃこ》の飛ぶ有るのみ

これは前の「蘇台覧古」と対になった七言絶句である。前の詩は呉を、この詩は越を舞台にしてよんでいる。日本で源平というように中国では呉越が、対立する両陣営の代名詞である。そして二首の詩に、まったく同じ句、「只今惟有」が使われている。

勝利者の越王勾践は、呉を破って凱旋した。義士たちは家に還って、錦に飾られている。ことさらに義士といったのは、二十年も雌伏した主君に仕えた人たちという称賛の気持がこめられている。宮女たちは花のように春の宮殿に満ちていた。

千年たったいま、その古跡にくると、ただ鷓鴣がとびまわっているだけである。鷓鴣は越の地方に多い鳥であるという。千年前もおなじこの鳥が、呉越の死闘をよそにとんでいたであろう。それは千年前の呉の宮女たちを照らしていた、あの西江の月とおなじである。

月も鷓鴣も空にある。高いところで、そこに李白はかけのぼり、下界を見渡している。

九日龍山飲

九日龍山飲
黄花笑逐臣
酔看風落帽
舞愛月留人

九日　竜山の飲《いん》
黄花　逐臣《ちくしん》を笑う
酔いて看る　風の帽を落《おと》すを
舞いて愛す　月の人を留むるを

故事来歴ということがある。伝えられた事柄、その由緒などが、創作であるべき詩のなかに出てくると、ときには衒学的《げんがくてき》で、いやになることもある。しかし、むかしの人の常識はわれわれとは異なる。中国人の歴史重視の姿勢は、多言を要する説明よりも、故事の引用で簡単に伝わることも多い。

ここに「九日」ということばがあるだけで、誰でもそれが、陰暦九月九日の重陽の節句の日だとわかる。同時にその日は「登高」という行事があることもわかるのだ。そのあたりの高みに登って、宴をひらく、それに欠かせないのは、酒杯に菊花をうかべる優雅な行事である。陰暦だから季節としては絶好なのだ。

重陽の日、竜山という高みに登り、宴をひらいた。竜山は安徽省当塗県の南十里にある竜のかたちに似た山なのだ。この山にも故事がある。晋の大将軍の桓温《かんおん》（三一二―七三）が、ここで重陽の登高をしたところ、幕僚の孟嘉《もうか》が風に帽子を飛ばされても、酔っ払って気がつかなかったという。

黄花とは菊の花である。『菊譜』によれば菊の正しい色は黄であるとする。その菊が追放された臣である私を笑っているようだった。李白はまちがいなく、逐臣であった。宮廷から放逐された臣なのだ。

李白が宮仕えをしたのは天宝元年（七四二）四十二歳のときであった。父は李白が五歳のころ西域から四川省に移住したらしいが、シルクロードで財をなした商人と思われる。莫大な財産をのこされたので、李白は宮仕えなどしなくてよかったのだ。四十二になってからやっと翰林供奉に任ぜられている。

翰林院は玄宗の初期に充実された、天子直属の機関で、学術芸能技術にすぐれた人材を集めた。必要なとき天子に呼び出されるのが供奉の役で、かならずしも常勤ではなかったようだ。音曲の好きな玄宗は、李白に歌詞をつくらせることがあったようだ。

放逐されたというが、李白も宮仕えの窮屈をきらっていた。『新唐書』に「懇《ねんご》ろに山に還ることを求むるに帝、金を賜いて放還す」とある。放逐ではなく放還だが、彼はあえて自らを逐臣と呼んだ。

酔っぱらって、あの孟嘉のように風が帽子を吹きおとすのを見たり、あげく舞い狂って、月が人をひきとめるのをこのましく思ったりする。

九月十日卽事

昨日登高罷　昨日　登高《とうこう》し罷《や》むも
今朝更擧觴　今朝　更《さら》に觴《さかずき》を挙ぐ
菊花何太苦　菊花　何ぞ太《はなは》だ苦しき
遭此兩重陽　此の両　重陽《りょうちょうよう》に遭《あ》う

九月九日は重陽の節句だが、その翌日の十日は小重陽という。即事とは即興の詩という意味。詩には平仄や韻の規則があるが、すこしまちがってても大目にみてくれという気持もある。昨日、登高の宴を終えたばかりだが、今朝さらに杯を挙げている。酒に菊の花をうかべなければならない。いやはや菊の花もとんだ災難で、二つの重陽にめぐり会ったとは！

李白は約千首の詩をのこしている。もっと多く作っただろうが、いま私たちにのこされたのはそのていどである。李白在世中から、彼の文集は作られたであろうが、千二百五十年の歳月がそれを消した。例外的に敦煌の石室に、「唐人選唐詩」という残巻があるだけだ。

李白の詩の注釈は、南宋の楊斉賢がはじめて作ったが、彼の後継者はみな楊にならって詩の形式や内容によって分類している。つまり、遊宴、登覧、行役、懐古、閑適、……といった分け方で編年式ではない。だから、どの詩がいつ作られたか、正確にわからないことが多い。たとえば「秋浦歌」は、安禄山の乱の直前と解釈したが、じつは乱後にもそこへ行った可能性もあり、そう解した研究書もある。

李白の詩はやはり編年では難しいので、詩の形式や内容によってならべ、説明のなかで李白のたどった経歴に、できるだけふれてみよう。彼は五歳まで西域にいたが、西域のどこであったかはわからない。

『新唐書』によれば、彼の祖先は、隋末、罪を以て西域に徙《うつ》された、とある。だが、彼の死後、遺稿を託された李陽冰《りようひよう》は、文集の序文に彼の先祖は「罪に非ずして条支に謫居し」と述べている。『新唐書』とは正反対であり、李陽冰のほうが先にかかれた。また李白の死後五十五年たって、彼の墓が改葬され、新墓に碑文をかいた范伝正《はんでんせい》は、彼の先祖が「隋末多難の時に砕葉に竄せらる」と記した。条支とはシリアのことで、砕葉はキルギス共和国のイシク・クル湖の西のトクマク市近郊に比定されている。さらにその西の呾邏私《タラス》には、中国人三百余戸の集落があったと、玄奘が述べている。玄奘の長安出発は六二七年だから、もし李白一家がそこにいたとしても、祖父の代でなければならない。

そんなわけで五歳までしか西域にいなかった李白の詩に、西域の雰囲気を期待するのは無理というものであろう。

ただ辺域をよんだ詩のなかに、あるいは彼の幼時の記憶が反映されているかもしれない。

塞下曲　其一

五月天山雪
無花祇有寒
笛中聞折柳
春色未曾看

五月天山《てんざん》の雪
花無くして祇《た》だ寒さ有り
笛中《てきちゆう》　折柳を聞けども
春色　未だ曾《かつ》て看《み》ず

曉戰隨金鼓
宵眠抱玉鞍
願將腰下劍
直爲斬樓蘭

曉戦《ぎょうせん》は金鼓に随《したが》い
宵眠《しょうみん》は玉鞍《ぎょくあん》を抱《いだ》く
願わくは腰下の剣を将《も》ち
直《ただ》ちに為《ため》に楼蘭《ろうらん》を斬《き》らん

八行の詩である。形からみれば五言律詩に似ている。律といわれるように、それは規則の多い詩体なのだ。たとえば、対句を二組以上つくらねばならない。この詩には対句が一組だけある。第五句と第六句がそうなのだ。暁戦と宵眠、そして金鼓と玉鞍がそうであるが、律はこれが二組以上なければならない。

そんな規則でしばられるのが、李白は大きらいである。偶然できるのはよいが、わざわざ対句をつくるのは、李白の美意識にそむくいとなみだった。

五月、もちろん陰暦だから、盛夏であるが、ここ天山では雪である。誰が吹くのか「折楊《せつよう》柳《りゅう》」の笛の曲がきこえてくるが、春の気配はまったくみられない。

暁のたたかいは、鉦と太鼓に従わねばならない。進軍は太鼓、後退には鉦である。夜の眠りには鞍を抱かねばならない。できるなら腰の剣をふるって、ただちに楼蘭王を斬ってすてたいものだ。これは前漢の元鳳四年（前七七）傅介子《ふかいし》が楼蘭王を刺し殺した故事をふまえている。

漢代に李延年が「出塞」と「入塞」の曲をつくったといわれる。彼は音曲にすぐれ、妹が武帝に愛され、協律都尉となったが、のちに失脚する。そのためこの国境をテーマにした曲は敬遠され、唐代になって、「塞上」と「塞下」が作られたという。

折楊柳はもともと送別のならわしから来ている。送る人は楊柳の枝を折り、それをまるくして相手に送る。まるめた枝は環状になるが環は還と同音なので、「また還っていらっしゃい」のメッセージをこめたのだ。

李白はほかにも「折楊柳」の笛の曲をきいたことを詩によんでいて、『唐詩選』に収録されている。

春夜洛城聞笛

誰家玉笛暗飛聲
散入春風滿洛城
此夜曲中聞折柳
何人不起故園情

誰《た》が家の玉笛ぞ　暗《あん》に声を飛ばす
散《さん》じて春風に入《い》りて洛城《らくじょう》に満つ
此の夜　曲中　折柳を聞く
何人《なんぴと》か故園の情を起《おこ》さざらん

どこの家で玉笛を吹いているのか、暗がりのなかで、ひそかに声をとばしている。その声は散って春風のなかにはいり、洛陽城内に満ちているようだ。ほかならぬこんな夜に、あの「折楊柳」の曲を聞こうとは。誰が故郷をなつかしむ気もちを起さずにいられようか。

「此夜」がこの詩のポイントであろう。この夜だから故園の情がひときわ、わきおこってくるのである。おそらく別れの夜であろうが、詩人はそれを明言しない。だから「此夜」がとくべつ心にしみる。別れの夜ではなく、親しい人の訃報をきいた夜かもしれない。あるいは幼馴染の一周忌の夜だったかもしれない。折柳と故園にまつわる思いに読者をひきこむ。笛の声が飛んだり散じたり、その笛を吹くのが誰なのか、定かではないことが、まさしく春の夜なのだ。

塞下曲　其二

天兵下北荒
胡馬欲南飲
横戈従百戰
直爲銜恩甚
握雪海上餐
拂沙隴頭寢
何當破月氏
然後方高枕

天兵　北荒を下《くだ》り
胡馬《こば》　南に飲まんと欲す
戈《ほこ》を横たえて百戦に従うは
直《た》だ恩を銜《ふく》むの甚《はなは》だしき為《ため》なり
雪を握って海上に餐《さん》し
沙《すな》を払って隴頭《ろうとう》に寝《い》ぬ
何《いつ》か当《まさ》に月氏を破り
然る後　方《まさ》に枕を高うせん

天兵は天子の軍兵で、「王師」とほぼ同じ意味である。北荒は北方の荒地をいう。天子は国の中心にいるから、その軍隊が何処へ行くにも「下《くだ》」る、なのだ。地図をみると、北上と表現したいが、中国の天下思想では北へは「下」らねばならない。

えびすの馬は南へ水を飲みに来るから、戦いになる。

「戈」は両刃の剣に長い柄をつけた武器で、それを横たえるとは、戦闘準備に入ることである。六尺六寸の長い槍状のもので、「槊」は一丈八尺だから同じではないとされているが、どちらも訓では「ほこ」と読まれ、古くからおなじものと考えられた。蘇東坡が「赤壁賦」で曹操をよんだ詩のなかでも、

――槊《ほこ》を横たえて詩を賦せるは、固《もと》より一世の雄なり。而して今は安《い》ずこに在《あ》りや。

とある。

戦闘にそなえて百戦に従うのは、ただ天子の恩を感じることが特にはなはだしいからである。

そのあたりに積っている雪をにぎって水のほとりで食べ砂を払ってゴビの砂漠で寝る。海上というが、このあたりの人は海など見たことはない。ロブノール湖やバイカル湖などこのあたりの大きな湖を、海を知らない人たちは海とよんだ。

――（李）陵をして海上に至らしむ。

と『漢書』にみえる海上とは、バイカル湖のことにほかならない。

漢の時代、敦煌のあたりにいた月氏は、匈奴に敗れてアフガニスタンやパミールに移っていた。李白の時代、かつて唐の西の強敵であった突厥は東西に分裂して力を失っている。この詩にみえる月氏という国はもうないが、西の強国のイメージで言ったのであろう。

敦煌から西はさまざまな宗教を奉じる人たちがいたが、李白のころには、イスラム教徒がしだいに多くなっている。オアシスに点在する都市国家は、それほど強大ではないが、彼らの背後には新興の意気に燃えるアラブのアッバース朝がひかえていた。

天宝九載（七五〇）西域の石国《せき》（現在のウズベキスタン共和国タシケント）が唐と戦った。唐はカルルク族の傭兵を併せて三万。石国は黒衣大食《タージ》（アッバース朝）の後援をえていた。翌年カルルク傭兵の寝返りで、唐将高仙芝が敗れた。戦場はタラスで、それほど大きな戦いではなかったが、捕虜の唐兵に紙すき工がいて、これによって製紙がイスラム世界に伝わったことで知られている。

この年、李白は五十一歳。南陽から河東、関内に遊び、華州で年をすごした。

天山、楼蘭、月氏、などの名詞に、西域に生まれながら、その地をほとんど知らない李白が、どのような感慨をもっていたか、知りたいと思う。

塞下曲　其三

駿馬似風飆
鳴鞭出渭橋
彎弓辭漢月
插羽破天驕
陣解星芒盡
營空海霧消
功成畫麟閣
獨有霍嫖姚

駿馬は風飆《ふうひょう》の似《ごと》く
鞭《むち》を鳴らして渭橋《いきょう》を出《い》づ
弓を彎《ひ》いて漢月を辞し
羽を挿《さ》しはさみ天驕《てんきょう》を破る
陣は解け　星芒《せいぼう》尽き
営は空しくして海霧消ゆ
功成りて麟閣《りんかく》に画《えが》かるるは
独《ひと》り霍嫖姚《かくひょうよう》有るのみ

疾風のような駿馬に鞭を鳴らして渭橋を出る。弓をひきしぼって漢の月に別れを告げ、白羽の矢を腰にさしはさみ、天の驕児と豪語するえびすどもを打ち破る。陣を解くと、戦い星の光も尽きている。兵営が空になって、湖にたちこめた霧も消えている。戦いはすんだのだ。しかし功臣をえがく麒麟閣にえがかれたのは、たった一人の霍去病《かくきょへい》だけだった。彼は嫖姚校尉となったので、こう呼ばれることがあった。渭橋は渭水にかかった橋で、長安から咸陽《かんよう》に出る。そして、そこからさきは西域に出る道にほかならない。

霍去病は前漢武帝のころの武将で、若くして死んだ（前一四〇頃—前一一七）ので、政争や党派のしがらみもすくなく、民衆のあいだでもわりあい評判はよい。麒麟閣はもと図書を蔵する場所であったが、宣帝（在位前七四—前四九）のときから功臣をえがきその功績を記念することになった。世代がすこしちがうので、じつは霍去病はえがかれていない。彼の弟の霍光はえがかれているから、李白の記憶ちがいかもしれない。李白の時代には現物が残っているはずはなく、誰もが霍兄弟はえがかれていると思ったのであろうか。

唐代にもしばしば外征や内戦があったが、それを前代のこととして記述することがある。たとえば、楊貴妃をえがいた白居易の「長恨歌」にしても、冒頭のところに、

——漢皇、色を重んじて傾国を思う。

と、一応、漢代のことと説きおこしているが、誰が読んでも、この漢皇が唐の玄宗皇帝とわかるようになっている。

批判するにしても、そのほうが書きやすいし、関係者の子や孫にあれこれ言われなくてすむからなのだ。

この詩は出征から、戦争、終戦、戦後まで簡潔に叙述して、緊張感を維持している。李白の塞下曲のなかでも、とくに出色のものといえるだろう。

塞下曲　其四

白馬黄金塞
雲砂繞夢思
那堪愁苦節
遠憶邊城兒

白馬　黄金塞《おうごんさい》
雲砂　夢思を繞《めぐ》る
那《なん》ぞ堪《た》えん　愁苦の節
遠く辺城の児《こ》を憶《おも》うを

螢飛秋窓滿
月度霜閨遲
摧殘梧桐葉
蕭颯沙棠枝
無時獨不見
淚流空自知

螢《ほたる》飛んで秋窓に満ち
月は霜閨《そうけい》を度《わた》ること遅し
摧残《さいざん》す梧桐《ごとう》の葉
蕭颯《しょうさつ》たり沙棠《さとう》の枝
時として独《ひと》り見ざる無し
涙を流し空しく自ら知る

白馬にまたがって黄金塞を行く。雲と砂がわが夢のおもいをとりまく。うれいと苦しみの季節に、遠く国境にいる人をおもうのはまことに堪えられない。蛍は秋の窓辺に、いっぱい飛びまわる。月はさむざむとした閨房をゆっくり照らしている。梧桐の葉は枯れ落ち、沙棠の枝にさびしい木がらしの音がする。いつまでたっても、あの人はすがたをみせない。涙を流して、むなしく自分がどんなになっているかを知るばかりだ。……あの人が帰って来なければ、自分がどうなるか、空しく知っていますよ。そして目から涙が流れてくるのです。

この一首は謎の詩である。六首の塞下曲はこの其四だけは異様である。他の五首は対句（たとえば其三は彎弓と挿羽、陣解と営空と対句にしている）を使っているのに、この其四だけがそれがない。しかも残巻として出てきた敦煌本はこれを楽府「独不見」としている。

しかもあるテキスト、宋の咸淳年間（一二六五―一二七四）刊本『李翰林集』（清の光緒年間にまた復刻される）には、この詩をのせながらその後に、「一本無此一篇」と記している。この一首をのせないテキストがすでに宋代にあったのだ。

宋代の編者はこの塞下曲其四を、楽府「独不見」の下書ていどに思ったのであろう。だから

「独不見」が完成しているので、其四は割愛して差支えない、と判断したのかもしれない。私は其四と「独不見」が、別の詩意をもっているという意見である。敦煌残巻の塞下曲其四が、「独不見」と題されていたことは、私の説に不利であるが、ともあれつぎに全篇をかかげておく。

獨不見

白馬誰家子
黄龍邊塞兒
天山三丈雪
豈是遠行時
春蕙忽秋草
莎鷄鳴曲池
風催寒梭響
月入霜閨悲
憶與君別年
種桃齊蛾眉
桃今百餘尺
花落成枯枝
終然獨不見
流涙空自知

白馬誰《た》が家の子ぞ
黄竜辺塞の児《こ》
天山三丈の雪
豈《あ》に是れ遠行の時ならんや
春蕙《しゅんけい》忽ち秋草
莎鶏《さけい》曲池に鳴く
風は寒梭《かんさ》の響を催し
月は霜閨《そうけい》の悲しみに入る
憶う君と別れし年
桃を種《う》えて蛾眉《がび》と斉《ひと》しきに
桃今百余尺
花落ちて枯枝と成る
終然　独《ひと》り見ず
涙を流し空しく自《みずか》ら知る

「白馬」とうたいだして「空自知」で終わるのは全くおなじである。空自知の前は「塞下曲」では「涙流」であり、「独不見」では「流涙」と反対になっているだけである。一首の詩に二つの下書という考えもあるが、あるいは李白が両方とも割愛するに忍びないとした可能性もある。

「独不見」の語解を試みよう。黄竜は地名で、『新唐書』によれば京師（長安）をはなれること七千里とあり、ずいぶん辺地である。莎鶏とは蝗《いなご》のような虫で、六月に飛んできて、羽をふるわせて、「索索《サクサク》」と、いそがしく鳴く。

「梭《さ》」とは機織の道具で横糸を通す管のついたもの。きわめて速く縦糸の間に通わせねばならない。サクサクと鳴く莎鶏の音にたとえたのである。

塞下曲　其五

塞虜乘秋下
天兵出漢家
將軍分虎竹
戰士臥龍沙
邊月隨弓影
胡霜拂劍花
玉關殊未入
少婦莫長嗟

塞虜《さいりょ》　秋に乗じて下り
天兵　漢家を出づ
将軍　虎竹を分《わか》ち
戦士　竜沙《りょうさ》に臥《が》す
辺月　弓影に随《したが》い
胡霜　剣花を払う
玉関　殊《こと》に未だ入《い》らず
少婦　長嗟《ちょうさ》すること莫《なか》れ

塞下曲は六首あるが、『唐詩選』の編者はその代表として、この其五だけをえらんでいる。国ざかいのえびすどもは、天高く馬肥える秋に乗じて侵入してきた。天子の将兵はみやこを出て討伐にむかう。例によって、いまは唐代なのに漢代のこととして詠んでいる。みやこは前漢は長安、後漢は洛陽だが、長安をみやことした唐の人は、霍去病などが活躍した前漢を頭においていたようである。さらにいえば、唐の玄宗皇帝に前漢の武帝をかさねあわせていたようだ。

虎竹は割符である。虎の形をした銅を二つに割り、一つは都にとどめ、一つは各地の将軍がもつ。二つが合わさって、はじめて軍隊は出発する。竹の場合は竹使符《ちくしふ》といって、軍隊ではなく、徴用工の出発に用いたようである。

割符が合わさって、軍隊は出発し、兵士たちは竜沙（タクラマカン沙漠）で夜営を重ねる。辺地の月は、ひきしぼった弓のようにまるく、えびすの土地の霜は、兵士の剣にふりかかって花と咲くようだ。

戦いはたけなわで、生きて玉門関に入ろうなど、とても思いもよらぬことだ。若い嫁たちよ、ながいためいきをつかないでおくれ。

玉門関という地名は複数あり、漢と唐とで玉門関の場所もちがったようである。いずれにしても、そこが国境であると認識されていたようだ。

むかしから塞外に玉を産し、崑崙の玉とか于闐《うてん》の玉とかいわれ、現在のホータン（和田）が産地である。漢では皇帝や重要な皇族が死ぬと「玉衣」で葬られる。近年、しきりに玉衣が出土しているが、調査してみるとその玉衣を形成する玉片はすべて崑崙の玉であった。西域からの玉の輸入はすべて国営である。私貿易者はつねに巨利がえられる玉を持ちこもうとした。それを取りしまる関所が、玉門関だったのだ。だから、「玉関」は、戦時であると平和期であるとを問わず、つねに緊張が走っていた地点だったのである。

おびただしい数の詩を作った李白であるが塞外関係の詩は、彼の幼時の記憶とつながる部分があるためか、とくに力がこもっているようにおもわれる。

なお虎符は、古くからおこなわれていた制度で、長さ六寸といわれている。軍隊出発の名目を得るだけで、いつどの方向に進発するかは、現地司令官の裁量にまかされている。戦国時代に魏の信陵君が虎符を盗んで兵をうごかしたことが、『史記』にみえる。しかしそのときでも、司令官を殺さねばならなかったのだ。

虎符はそのころ銅でつくられ、銅符とも呼ばれていた。「銅」は「同」と同音なので、

――心を同じくする。

という意味もこめられていた、といわれている。

塞下曲　其六

烽火動沙漠
連照甘泉雲
漢皇按劍起
還召李將軍
兵氣天上合
鼓聲隴底聞

烽火《ほうか》　沙漠に動き
連なり照らす　甘泉の雲
漢皇　剣を按《あん》じて起ち
還《ま》た召《め》す　李将軍
兵気　天上に合《がっ》し
鼓声　隴底《ろうてい》に聞こゆ

横行負勇氣
一戰靜妖氛

横行して勇気を負《たの》み
一戦　妖氛《ようふん》を静めん

のろしが沙漠にあがり、つぎつぎに伝えられて甘泉宮にかかる雲まで照らす。漢の皇帝は剣のつかに手をかけて起ちあがり、またしても李将軍を召した。戦いの気配は天の上で合わさり、鼓声は隴底からきこえてくる。勇気をたのんで、自由にそのあたりを往来し、一戦して妖しい空気を静めたいものだ。

烽火は狼火ともいう。むかし辺境の急を告げるために、のろしをリレーしてみやこに知らせた。のろしの煙が風に散らされてわからなくなるのを防ぐために、燃料に狼の糞をまぜたので狼火といわれる。

甘泉宮とは秦の始皇帝が、咸陽の北西の甘泉山に造営した巨大な宮殿で、漢の武帝がそれを拡張した。多くの建物があり、通天台という建物は百余丈もあり、その頂上には承露盤をのせたという。拡張して周囲十九里となり、前漢末の文人楊雄が「甘泉賦」をつくり、それで有名になった。

天子が剣を按じて召した李将軍とは、飛将軍と匈奴におそれられた李広のことである。虎と見誤って矢を射て、それが石につき立ったというエピソードで知られている。

鼓声がきこえたという隴底とは、陝西省と甘粛省のあいだにある、二千米の大きな隴山の坂の下のことをいう。隴山の峠をこえるには十日を要した。

3

歴史を詠んだ詩は、李白にかぎらず誰もが高みにいる。項羽と劉邦の争いを詠む人は、とうぜんその結果を知っている。劉邦が最後の勝利をえて、項羽が敗死する結果は歴史的事実なのだ。死闘する二人の詩中の英雄は、自分たちの運命を知らない。

天空の詩人として李白は俯瞰の姿勢をとるが、彼の場合それが詠史のときに限らない。李白より約百年おくれて世に出た李賀（七九一—八一七）は、李白の幻想的な面の後継者であったが、李白はプリズムのように多角的である。李賀のような異才をもってしても、天衣無縫の李白の全貌に迫ることはできなかった。

李賀に「夢天」（天を夢む）という詩があり、その後半が李白の姿勢を説明するのに、便利な句である。

黄塵清水三山下
更變千年如走馬
遙望齊州九點煙
一泓海水杯中瀉

黄塵清水　三山の下《もと》
更変すること千年　走馬の如し
遥かに斉州を望めば　九点の煙
一泓《おう》の海水　杯中に瀉《そそ》ぐ

黄砂の吹きすさぶ大陸もあれば、清らかな水もある。東海に三神山ありといわれているが、そんな世界も千年のあいだにいろいろ変化しても、まるで走馬灯のように、一瞬のことにすぎない。遥かに全国（斉州）を見おろせば、それは小さな点のようなもやが九つあり、まわりの海水だって、わが手にもつ杯のなかにそそがれているようにおもえた。

中国では古くから東海に三神山があるといわれ、『史記』にも一度ならず言及されている。大陸での崑崙とともに、大洋での三神山は、古代中国人の地理知識の限界だったのである。斉州とはすべての州を意味する。唐代では突厥やアラブのアッバース朝と戦ったりしてもちろん外国の存在は知っている。だが、知識人の地理感覚は依然古典的で、斉州すなわち全国は全世界であり、ふつう冀州、兗《えん》州、青州、揚州、荊州、予州、雍州、幽州、并州の九州である。それを遥かに見おろせば、九つのもやにすぎない。遥かの高みにいるから、そんなふうに見えるのだ。

そこから海も見える。「泓」とはひろくて深いことである。それが、高みから見ると、杯のなかにそそがれている。

杯は盃とおなじで、小さなものである。優勝力士がもらう賜杯はずいぶん大きいが、太平洋とはくらべものにならない。一つの大きな国が一点のもやで、大海がちっちゃな杯にそそがれた水にすぎない。私たちが世界と認識するものが、いかに微小であるかを、李賀はその詩で表現しようとする。中国の詩では、これはなかなか難しい。散文なら伝奇などにその伝統はある。詩では李白と李賀の二李の系列だけであろう。おなじ幻想的な詩で自由奔放にみえて、李白の詩は構成が論理的だが、李賀の詩はひたすら非論理的だといわれている。また李白はさまざまな詩をつくったが、李賀は、あまり健康でない詩ばかり作った。だから『唐詩選』などに入っていない。だが、彼の詩を非中国的な作品とはいえない。系譜から論じるなら、李賀は屈原の『離騒』にまでつながるのである。

おもなアンソロジーから排除されたとはいえ、じつは後人からしきりに模倣されていたのである。たとえば北宋の張方平の「瑶池宴曲」のこのくだり、

　曉過扶桑水一泓　　暁《あかつき》に扶桑《ふそう》を過ぐれば　水一泓
　下視中州塵九點　　下に中州を視《み》れば　塵九点

あきらかに李賀の「夢天」の

　遙望齊州九點煙
　一泓海水杯中瀉

のかなりの部分をいただいているのは、疑いがない。

憂鬱な耽美派という不健康なレッテルを貼られた李賀も、その追随者をみれば、唐末の皮日休やモンゴル時代の遺民系の劉辰翁《りゅうしんおう》（一二三四―九七）、謝翺《しゃこう》（一二四九―九五）、楊維楨《よういてい》（一二九六―一三七〇）、明末清初の徐渭《じょい》（一五二一―九三）、張岱《ちょうたい》（一五九七―一六八九）、また近代の譚嗣同《たんしどう》（一八六五―九八）、魯迅《ろじん》（一八八一―一九三六）とつづく。これらの名は中国では愛国者あるいは侵略者にたいする抵抗者として知られている。

なぜ幻想的な作風の耽美派の作品が、抵抗者のこころをゆりうごかしたのか、大きな課題といわねばならない。

塞上曲　一

大漢無中策　　大漢に中策無く
匈奴犯渭橋　　匈奴《きょうど》は渭橋を犯す
五原秋草綠　　五原　秋草は緑にして

胡馬一何驕

胡馬一《いつ》に何ぞ驕《きょう》なる

塞上曲は塞下曲とならんで、辺境のことをうたったものである。『万首唐人絶句』(宋の洪邁)に李白の塞上曲三首をのせる。清の王琦はこの三首をあわせて私がおもに参照したのは、王琦の『李太白文集』なので三首をあわせた体裁になっているが、解説の便宜のために、あえて五言絶句三首とすることにした。

詠史の詩は、わざと時代をたがえて詠むならわしがあることは前述した。ここでも大漢としているが、李白の生きた大唐が強烈に意識されている。

『漢書』の「匈奴伝」に、周・秦・漢三代の匈奴対策について、周は宣王のとき軍隊に命じて侵入した敵を追っ払うだけで帰還させ、これを中策と称した。秦は大軍を出し、万里の長城を築き、国力を消耗し社稷を失っているが、これは無策である。漢は武帝のとき精兵を出し匈奴を平定したが、敵も強く抵抗し、兵禍は三十余年に及び、国力衰乏を避けられなかった。これが下策である。

漢は『漢書』に下策と記されたように、中策さえなかった。それで匈奴は長安に近い渭橋に侵入してきた。国境地帯の五原に秋草は緑濃く、えびすの馬はなんと我がもの顔でいることか。

これが大意であり、二行目の渭橋は渭水にかかった橋であるが、最も有名なのは、便橋であろう。唐の太宗の時代、突厥の頡利可汗《けつりかがん》が十万騎を率いてここから長安を襲おうとして、先ず軍使を送ってきた。唐は建国したばかりである。太宗は李靖の、

——府庫を傾けて賄《まいない》し、以て和を求む。

という方策に従った。買収作戦によって突厥の攻撃を免れたのである。これが唐にとっては「渭水の恥」である。

大漠とか匈奴としているが、唐の読者はそれを大唐と突厥と読みかえたはずだ。

塞上曲　二

命将征西極　命じて将《まさ》に西極を征し
横行陰山側　陰山の側《かたわら》を横行す
燕支落漢家　燕支《えんじ》は漢家に落ち
婦女無花色　婦女は花の色無し

「渭水の恥」（六二六）は早くも三年後にすすがれた。

翌年、改元されて貞観元年（六二七）となるが、これはたいへんな年だった。異常気象の年である。「関中饑ゆ」と史書にある大旱魃が二年つづいた。唐は義倉（無料で放出する食糧庫）を設け、租賦免除などけんめいに対策を講じた。

ところが、突厥はこの異常の時に内紛が発生した。塞外の民は自分たちに利益を与えてくれそうな勢力には、争ってつくものだ。自分の影のほかに友はないといわれたチンギス・ハーンが、あっというまに信じられないほどの大勢力になったのは、この草原の法則による。道が左右に分れる地点で、右へ行けば豊富な食糧があり、左へ行けば牧草も枯れて、饑餓街道で、羊牛はもとより人間まで死滅する。「右へ行こう」と言って衆を救ったリーダーの名は、草原ではすぐに知られ、人びとは彼を首領と仰ぐようになる。

唐の長安をおびやかした突厥は、じつはその下に七万騎の鉄勒《てつろく》部隊を抱えている。渭橋に進出した突厥のなかにも、鉄勒人がすくなくなかった。その鉄勒の首長の夷男《いだん》が、突厥から独立した。突厥の搾取がひどすぎたのである。夷男にたいして、唐は苦しいなかから経済的な援助を与えている。

突厥の頡利可汗が唐に降ったのは貞観四年（六三〇）のことであった。

塞上曲の二は、こんな歴史を背景にしている。もちろんあくまで漢の時代に仮託していて、燕支はふつう焉支と書かれる山である。祁連《きれん》山脈の一峰で、漢の霍去病がこのあたりで大功を立てた。紅藍すなわち燕脂の産地で、それが漢の手に入ったので、女たちは燕脂（べに）なしですごさねばならない。山名を燕支とかき、燕脂とむすびつけたのである。

このあたりを漢に制圧されたとき、匈奴が、

——我が婦女をして顔色無からしむ。

となげいたことが、『史記』「匈奴伝」索隠の「西河旧事」にみえる。

李白も王昭君をよんだ楽府のなかに、

——燕支、長《とこしえ》に寒く、雪花を作《な》す

の句がある。

燕支はときに閼氏《あつし》と書かれる。閼氏とは漢代匈奴王の后妃の称号である。この山はどうもよほど女性的とみられたようだ。

塞上曲　三

轉戰渡黃河　　転戦して黄河を渡る

休兵樂事多
蕭條清萬里
瀚海寂無波

兵を休《や》めれば楽しき事多し
蕭条《しょうじょう》　清きこと万里
瀚海《かんかい》　寂《せき》として波無し

五言絶句三首として解説したが、ほとんどのテキストは、塞上曲と題する一首とする。だが、あきらかに三つの部分に分かれている。第一は匈奴の侵攻、第二は漢の反撃、第三は終戦である。

これは終戦の段である。

転戦して黄河を渡った。この黄河はとうぜん上流のほうである。そこで漢は勝利をおさめた。勝利の終戦はまことに楽しい。戦いのない山河はじつに静かである。さびしいくらいなのだ。弓矢の音もときの声もない。瀚海は寂として波ひとつ立たない。

瀚海は註釈書には北海の名であるとする。蒙古の沙漠に使われることが多い。唐代ではゴビ以北を管轄する都護府にこの名を採用した。

耶律楚材《やりつそざい》の文集に、伊州の西北に瀚海があるという一節がある。伊州とは新疆ウイグル自治区のハミにあたり、いずれにしても沙漠のなかである。

『漢書』に匈奴が漢使の蘇武を北海の上《ほとり》、無人の処に徙《うつ》したとあるが、この北海はバイカル湖であるとされている。

沙漠であろうと、砂漠のなかの湖であろうと、そこはさびしいところである。「寂として波無し」は、戦いすんだあとの静謐を表現している。なお西域戦を描いた先輩、後漢の班固に「蕭条万里」の表現がある。(『燕然山銘』)

李白の詩を年代順にならべるのはかなり難しい。同じ土地をなんども訪れている。たとえばあの「白髪三千丈」にしても、安禄山の乱の前後に宣城へ行っている。ほとんどの注解書は乱前の作としている。だが、きわめて少数だが、乱後の作と解する見方もある。

ここで李白の初期のものと比較的はっきりわかる作品をとりあげることにする。

訪戴天山道士不遇　　戴天山の道士を訪ねて遇わず

犬吠水聲中　犬は吠ゆ　水声の中《うち》
桃花帶雨濃　桃花《とうか》雨を帯びて濃《こま》やか
樹深時見鹿　樹《き》深くして時に鹿を見
溪午不聞鐘　渓午《たにひる》にして鐘を聞かず
野竹分青靄　野竹　青靄《せいあい》を分《わか》ち
飛泉挂碧峰　飛泉　碧峰《へきほう》に挂《かか》る
無人知所去　人の去る所を知る無し
愁倚兩三松　愁えて倚《よ》る　両三の松

この詩は開元六年（七一八）、李白が十八歳のときの作品といわれている。戴天山は四川省彰明県にある山で、李白が少年時代に読書したところだという。

題に道士を訪ねて会えなかったとあるが、詩の中にはそのことがまったく言及されていない。

戴天山に当時大明寺があり、李白が勉強したのはそこであろうという。寺のなかに道士がいるのは、べつに不思議なことではない。仏寺である敦煌の石窟に住みつき、二十世紀のはじめに、ペリオやスタインに古い経典や古文書を売った王円籙《おうえんろく》は道士であった。

大意はつぎの通りである。

犬が水音のなかでほえ、桃の花は雨を帯びて濃やかである。深い木立に時に鹿を見かける。おひるの谷は鐘の音もきこえてこない。野生の竹は青い靄を分けているようだ。滝がみどりの峰にかかっているだけで、人がどこへ行ったか知る者はいない。かなしくなって、二三本の松の木によりかかった。

一幅の絵である。末尾に哀調を帯びている。そこで題を見た人は、やっと作者が来たのに訪ねる道士がいなかったことを知る。

「水声」と「飛泉」は重複の語だと、これを李白の若がきの証拠だと言い立てるのは、あざといことと言うほかない。

なお「帯雨」を「帯露」とするテキストもある。

登錦城散花樓

日照錦城頭
朝光散花樓
金窗夾繡戸
珠箔懸銀鉤
飛梯綠雲中

錦城散花楼に登る

日は照らす錦城頭
朝は光る散花楼
金窓は繡戸《しゅうこ》を夾《はさ》み
珠箔《しゅはく》は銀鉤《ぎんこう》に懸け
飛梯《ひてい》は緑雲の中

極目散我憂
暮雨向三峡
春江繞雙流
今來一登望
如上九天遊

極目《きょくもく》我が憂いを散ず
暮雨は三峡《さんきょう》にあり
春江は双流を繞《めぐ》る
今来《きた》りて一に登望すれば
九天に上《のぼ》りて遊ぶが如し

『李太白年譜』（王琦編）によれば、この詩は開元十三年（七二五）以前に、蜀（四川）で作られたとする。

きらびやかな修飾語がならんでいるが、そのほかはほとんど解説を要しない。

四川最大の産業は錦《にしき》であり、それを管理する役所を錦官と称し、やがて成都を総称して錦官城または錦城というようになった。その成都に散花楼という建造物があった。

四川はどんより曇る日が多く、晴天の日がすくない。だから四川の犬は曇りがふつうだと思って、晴れた日はおかしいと、さわぎ立てるという。

——蜀犬《しょくけん》、日に吠ゆ。

と、むかしから言いならわされた諺《ことわざ》となっているほどである。

錦城や散花楼をうたうのに、日は照らすとか、朝の光ということばを使うのはそのためなのだ。李白は西域で生まれ、五歳で四川に移ったというのが定説である。成長するまで四川にいたから、彼は四川っ子であるといってよいだろう。

金の窓（窗）と珠の箔、繡（ぬいとり）の戸と銀の鉤（すだれかけ）は、もちろん対句である。「銀鉤」はほかに「すぐれた筆跡」を指すこともある。

飛梯（高いはしご）は緑の雲のなかにかかっているようで、極目（見わたすかぎり）、我が憂いを消してくれる。テキストによっては、憂が「愁」になっているものもある。

暮雨は三峡に降り、春江は双流をめぐる。

三峡は西峡、巫峡、帰峡。巨大なダムをつくったことで、最近よく知られている。

双流は戦国時代、秦の昭王の統治下で太守の李冰が治水工事で二江にして万頃の田地をえた。もと広都県を流れ広江と呼ばれていたが、隋の時代、皇太子楊広の名を避けて、双流と改められたという。

峨眉山月歌

峨眉山月半輪秋
影入平羌江水流
夜發清溪向三峡
思君不見下渝州

峨眉山月《がびさんげつ》　半輪の秋
影は平羌江水に入《い》りて流る
夜　清渓を発して三峡に向う
君を思えども見えず渝州《ゆしゅう》に下《くだ》る

『唐詩選』にも収録された有名な詩である。

峨眉山の月は半輪の秋である。これは言外に秋も半ばの季節であることを伝えたいのであろう。その月影は平羌江《へいきょうこう》の水に入って流れる。夜に清渓を出発して三峡に向う。君を見たいと思っているが見ることができないまま渝州まで下った。

君とは月のことだが、「思う人」が詩人の胸にひめられているかもしれない。この詩を作ったのは、彼が三峡から江陵に遊んだ開元十四年（七二六）と思われるから、二十六歳のころである。李白は青春のまっただ中にいた。

峨眉山は四川の名山である。普賢菩薩の霊場として知られている。だが、唐代ではここはまだ道教寺院のほうが多かったようだ。海抜三千九十九米といわれている。清渓という地名はどこにでもあるので、『秋浦歌其二』にみえる清渓とは別である。

平羌江は青衣江《せいいこう》ともいい、岷江や大渡河と合流して長江の上流となる。

宋代このあたりを「川陝四路」と称し、その略称が「四川」であったとする説（顧炎武《こえんぶ》の『日知録』）のほかに、大きな河が四本あるという説まである。

平羌江、岷江、大渡河の合流点の東岸の崖に、巨大な仏像がつくられている。高さ七十一米、頭部直径十米、肩はば二十八米の「楽山大仏」である。開元はじめにつくりはじめ、貞元十九年（八〇三）に完成したから九十年近くかかった。李白の少年時代につくりはじめ、彼が死んだときもまだ未完だったのだ。

李白はなんども楽山大仏のそばに来ている。峨眉山へ行くには、かならずこの地区に立ち寄らねばならない。「峨眉山月歌」のほかにも「登峨眉山」というかなり長い詩があり、考証家によれば、「峨眉山月歌」より五年ほど前の作であろうという。とすれば李白二十《はたち》そこそこの作である。

　　蜀国に仙山多きも
　　峨眉邈《ばく》として匹《たぐ》い難し

と、やや気負った書き出しである。

蜀には仙山が多いが、そのなかでも峨眉は断然抜きん出てすぐれている、というのだ。

李白にしてみれば、仙山の多い蜀はわがふるさとだった。彼の家族がなぜ西域に行ったのかわからない。

――その先（祖）、隋末《ずいまつ》、罪を以て西域に徙《うつ》され……（新唐書）

――中葉、罪に非ずして条支《じょうし》に謫居《たくきょ》し（李陽冰『草堂集序』）

罪を以て、と罪に非ずして、とは結局おなじことなのだ。罪ではないが罪があるとして、西域に流されたのであろう。

隋末、おおぜいの人が塞外に移り住んだ。戦乱をのがれての移住者も多かったが、それよりも突厥に拉致《らち》された者が大部分であった。遊牧の民は気候の変動に大きな影響をうける。おもな食糧である牛羊は、ひとたび霜害などで食べる牧草がなくなると大量に死ぬので、人間も飢え死にする。そんなときは農耕民を襲うのである。あるいはあらかじめ農耕民を大量に拉致して、彼らに耕作させる方法もあった。

貞観三年（六二九）、戸部（財務省相当）の発表によれば、塞外から百二十万の帰還者があった。貞観五年には拉致されて奴隷となった漢族男女八万人を、金帛をもって購って帰還させている。移住者のなかには、自由を失って奴隷になっている者が八万人もいたようだ。突厥の力が弱っているのだから、武力で奪還することも考えられた。だが、太宗は「金帛」をもって購入する方法をえらんだ。武力を用いると、こちらも動員に金がかかるし、戦死者も出るだろう。それよりは交渉によって金帛で解決したほうがよい。

百二十万とか八万とか、塞外に出た漢族の数が多いことは当時の記録にもある。李白の家がどういう事情で西域にいたのかはわからない。わかっているのは、当時おびただしい漢族が西域に居住していたことである。

多くの漢人がいたとなれば、多くのビジネスも彼らのあいだからうまれたであろう。李白はおそらく、そんな冒険的実業家の家に生まれたのであろう。

そして李白の家はかなりの大家族であったようだ。彼はよく李十二と呼ばれた。祖父を同じくするいとこ間の年の順でそう呼ばれる。彼が詩を贈った相手に「張十四」「崔十二」「薛九」「呉五」なかには「蕭三十一」といった大家族の人らしい名もみえる。杜甫は二番目なので杜二といわれるが、李白が彼にあてた詩の題には、それではあまりにあっけないと思ったのか「杜二甫」と名までつけ加えた例がある。

大家族を連れて西域から帰ったのだから、李白の父は裕福な人であったにちがいない。すくなくとも難民のように、のがれて帰ったのではないだろう。

当時、西域各地から裕福な胡商（ペルシャ系商人）が、中国に移住していた。民間にことば遊びで「ありえないもの」をあてるゲームがあり、たとえば、「でっぷり肥った貧乏人」よりも「貧乏なペルシャ人」のほうが点数が高かったりしたものである。李白の家は西域からきた金持ちの胡商とおなじ階層とみられたのであろう。

郭沫若は李白の詩を検討して、すくなくとも兄が九江に、弟が三峡にいたはずだと論じている。

李白は四川を出てから、各地を遊歴したが一度も故郷に帰っていない。しかし、九江や三峡に寄って兄弟に会っている。これらの交通の要所には李白の家は支店を置いていたらしい。李白の家は全国規模のネットワークをもった大きな仕事をしていたようである。

同時代人の杜甫は飢餓に悩まされていたのに、李白にそんな生活苦をかんじさせる作品はない。どうやら大商人の家の子の彼には、生活の苦労はなかったらしい。

年譜によれば、彼は早熟な子で、十五歳のころ、剣術を好み、奇書を読み、賦を作って司馬相如（前漢武帝の頃の文人）をしのぐと自負していたという。

三蔵法師玄奘が国禁を犯して天竺《てんじく》に行ったのは、李白が西域で生まれる七十年ほど前のことであった。なぜ西域の地を踏むのが国禁になったかといえば、政府は拉致された人民の帰還を、突厥と交渉中であったからなのだ。交渉中に国民にそのあたりをうろうろされるとたしかに都合がわるい。

玄奘の天竺滞在中に、拉致された人々の帰還問題はほぼ解決されたようだ。百数十万人が西域から帰還したことで、西域の事情もよくわかるようになった。そのなかには交易によって巨利がえられる情報もあったにちがいない。

こんどは拉致されたのではなく、みずから進んで西域に行こうとする人もあらわれた。突厥との政治的交渉も終わり、往来も以前より容易になっていたであろう。冒険的商人の群が崑崙《こんろん》や天山をこえようとする。そんな一群のなかに李白の父祖がいたのではないかという気がする。

李白胡人説が唯物史観系の史家陳寅恪によって唱えられ、郭沫若がそれに反論したことは前述した。李白その人が胡人だというのは、私もにわかに信じられないが、彼が漢胡の混血児であったのは、大いにありうることだとおもう。祖母か母が胡人であるかもしれない。唐と突厥が友好関係になってからかぞえても、李家は三代か四代を西域ですごしている。移住に女子を伴うことがすくなかった時代だから、胡女を妻とすることが多かったであろう。

盛唐の長安には胡姫がサービスする店が多く、李白もそんな店によく出入りしていたようである。

少年行

五陵年少金市東
銀鞍白馬度春風
落花踏盡遊何處
笑入胡姫酒肆中

五陵の年少　金市の東
銀鞍《ぎんあん》白馬　春風を度《わた》る
落花踏み尽《つ》くして何処《いずく》にか遊ぶ
笑って入《い》る胡姫《こき》の酒肆《しゅし》の中《うち》に

五陵とは漢の皇帝の陵墓が五つあった所で、長安の北部にあたる。漢代、陵墓がつくられると、富豪や有力者を強制的にその地に移住させた。しぜん彼らはボディーガードを雇う。その一部は有力な侠客集団となり、その気質が土地の若者たちに感染した。それが五陵の年少（若者）なのだ。

彼らが行くのは金市（西市。唐代では長安は東西の両市でしか店はひらけなかった）の東である。西市は東市にくらべて西域の雰囲気が濃厚であった。異国ふうであり、モダンだったのである。

銀の鞍の白馬にまたがり、春風の中を通りすぎて行く。落花を踏み尽くして何処へ行こうとするのか？　知れたことよ、彼らが笑いながら入るのは、胡姫がいる店なのだ。

南宋の人で一生宮仕えをせず、『宋史』にも伝を立てられず、生没年不明だが、『滄浪詩話』の著者として知られる厳羽《げんう》という人がいる。彼は文芸評論家として、唐詩を評したが、この詩について味わうべきは、「笑入」の二字であると喝破している。

厳羽のこの評論をよんで、私は高級クラブに入るときの若者の表情を、ふと想像してみた。

さらに陳寅恪の言うように、李白が胡人であるか、漢胡の混血児であった場合、この詩の味わうべきは、「笑入」の二字よりも、「胡姫」の二字であるかもしれないと思ったりする。胡姫に言及している李白の詩はかなり多い。「前有樽酒行」と題する楽府が二首あるが、其二は「胡姫貌如花」の句がよく知られている。

前有樽酒行　其二

琴奏龍門之緑桐
玉壺美酒清若空
催絃拂柱與君飲
看朱成碧顔始紅
胡姫貌如花
當壚笑春風
笑春風
舞羅衣
君今不醉將安歸

琴は竜門の緑桐《りょくとう》を奏し
玉壺美酒　清きこと空しきが若《ごと》し
絃を催《うなが》し柱《ことじ》を払って君と飲む
朱を看て碧と成れば顔始めて紅なり
胡姫の貌《かお》花の如し
壚《ろ》に当《あた》って春風に笑う
春風に笑い
羅衣を舞う
君今酔わずして将《まさ》に安《いず》くにか帰せんとす

琴は竜門山の緑桐でつくったものが最上といわれている。そんな名琴で音楽が奏されていて、玉壺のうま酒はすみきって空《から》のようにみえる。絃をかきならし、琴柱《ことじ》を払って、君とのむ。

六朝の文人王僧孺《おうそうじゅ》（四六五―五二二）が酔いの状態を「朱を見て忽ち碧《みどり》に成った」と形容したが、それくらいのんで、はじめて顔が赤くなった。

胡姫の顔は花のようにうつくしくて、カウンターのむこうで、春風にほほえむ。

春風にほほえみ、うすぎぬの衣で舞う。

ああきみよ、いまこそ酔うべきときではないか。いま酔わないで、いったいどこへ行くつもりなのか?

敦煌から出た『唐詩残巻』には「払柱」が「払燭」(燭を払う)となっている。そのほうがいいようにおもう。また最後の句「将安帰」は京大蔵の宋刊本では「欲安帰」(安《いず》くに帰せんと欲するや?)となっていて、これまたそのほうがわかりやすいようにおもう。

「当壚(炉)」は司馬相如が大富豪の娘で未亡人となっていた卓文君とかけおちし、彼女の実家の邸の前で居酒屋をひらき、炉の前に坐った故事から来ている。文君の父は世間体が悪いので、大金を払ってかけおちを許したという後日談を『史記』にのせている。

4

李白の少年時代については「剣術」を好むということを忘れてはならない。ハイティーンのころから任侠の徒とまじわって、じっさいに剣をとって、修羅場で人をあやめたこともあったという。

李白の歌詩、裴旻《はいびん》の剣舞、張旭の草書を「三絶」と称した。これは文宗皇帝(唐十四代皇帝在位八二六—八四〇)が詔りしてそう呼ばせたとあるが、もちろん民間ですでに三絶ともてはやされていて、皇帝が詔書でそれを追認しただけのことだろう。いかにも権威主義的でおもしろくないが、無位無官で死んだ李白に、朝廷がせめて三絶の栄誉を公認したのである。

裴旻は剣舞の名人というが、見せるのは剣舞であるが、もともと彼は剣そのものの達人であった。李白は彼に撃剣の術を学んでいる。裴旻は東魯に隠居していたが、すでに結婚していた李白は、家ごとその近くに移り、教えを乞うていた。

李白が四川をはなれたのは開元十三年（七二五）で、彼は二十五歳、そして安陸で許圉師《きょぎょし》の孫娘と結婚したのはその二年後であった。それ以後彼は四川に帰っていないから、峨眉山など四川の風物をよんだ詩は二十五歳以前の作ということになる。

なぜ四川をはなれたのか？　当時、男子一生の仕事とは、官になることであった。天宝十四載（七五五）の登録人口は全国で五千二百九十一万（登録外の僧尼、奴婢を除く）で、それを治める官は『通典』によれば定員一万八千八百五人となっている。九品まで等級に分れるが、ほかに官に入らない「吏」が三十六万余人もいた。官が庶を治め、その中間に「吏」がいる。長年吏をつとめるとやっと定年間際に官にしてもらえたようである。

いくら富豪でも庶は庶である。唐代の科挙はきわめて難しい。隋代に科挙がはじまったころは工・商の子弟は受験資格さえなかったのである。おそらく唐代にもそんなならわしがあったのだろう。庶民から官になるには、きわめて強力なコネに頼るか、天下にひろく特技で名をしられるかが近道であった。李白もひょっとすると剣で名をあげようとしたのかもしれない。

郭沫若は史劇『則天武后』を書いたが、彼がその著『李白と杜甫』のなかで、李白は家庭環境が則天武后（武則天）に似ていると述べている。武則天の父は木材商人で、伯父は大地主であったが、家は顕族でなかったという。たんまり金はあったが庶民だったのである。どうもそれが李白に似ていると指摘した。

武則天は美しかったので、才人（下級の宮女）として宮中に入り、自分の才覚で皇后までのし上がったのである。彼女に反対する李敬業たちが兵をあげたが、たちまち鎮圧されてしまった。李敬業の幕下に詩人の駱賓王《らくひんおう》がいて、このときに檄文を書いたが、

――偽りて朝に臨める武氏なる者は、人、温順なるに非ず、地（出身）実に寒微なり。

と、彼女が士族の出でないことを暴露している。この檄文には、

――一抔《ほう》（ひとつかみ）の土未だ乾かざるに、六尺《りくせき》の孤安《いずく》にか在る。

という有名な句がある。

この檄文を読んで武則天が、

――宰相の過《あやまち》なり。人、此《かく》の如き才有るに、之《これ》をして流落し、偶《かな》わざらしむるは。

と言った。こんな才能のある人間を、適当な官職につけなかったのは宰相の過失であるというのだ。

これは光宅元年（六八四）のことで、李白の生まれる十七年前である。前年、武則天の夫の高宗が死んで、その陵墓がこの八月につくられ、その土がまだ乾かないのに、六尺の孤（成人した遺児。中宗は退位させられた）はどこにいるのか？　と武則天を非難している。首謀者の李敬業はもちろん殺されたが、駱賓王は逃がれ、「之《ゆ》く所を知らず」と『新唐書』はしるしている。文名は高かったが、官位はただの従八品で、武則天もそれほどきびしく追及しなかったのだろう。そのため、のちに浙江の紹興で、詩人の宋之問が彼に会ったという話も伝わっている。

中国では歴史上の似た場面を、かならず思い合わせるものだ。『三国志』で曹操が袁紹を破ったとき（二〇一）、さんざん曹家の悪口を檄文に書いた名文家の陳琳をとらえたが、咎《とが》めずに釈放し、

――悪をにくむは其の身にとどまる。何ぞすなわち上って父祖に及ぶや。

俺の悪口はいくら言ってもよいが、俺の父が宦官《かんがん》の養子などよけいなことだ、と言っただけだった。

その曹操のことばも「悪をにくむのは、その人だけで、家族や郎党に及ぼしてはならない」という『春秋公羊伝』から来ている。

なお郭沫若の史劇『則天武后』では、武則天が駱賓王の文才を惜しんで、助命したことになっているが、フィクションであるのはいうまでもない。

李白は四川を出たあと、剣と文章の両刀使いで多くの人と交わった。これは名をあげるためである。天下に名を知られることで、官への道がひらけることを期待した。家柄からいえば彼の家は士族らしかったが、西域と関係をもつ商家で、財産は豊富だが世間からは庶民とみられていた。これは郭沫若が指摘したように、武則天に似ている。彼女は前にそびえている高い壁を、実家の財力と彼女の美貌と知力によってのりこえた。

武則天が八十二歳で没したころ（七〇五）に李白一家は西域から四川に帰った。そして、二十五歳の彼は大志を抱いて四川を出た。彼は武器として武則天のもっていた美貌のかわりに、剣と詩文をもっていた。彼女は美貌によって宮廷を泳ぎまわった。李白は剣と詩文によって、天下の有識者にその名を知られようとした。庶民という身分は、前にたちはだかる壁をより高いものにしていた。四川を出てから李白が交わりを結んだ人たちは、たいてい士族階層に属していた。

――いい男だが、すこし生まれがね。……

かげでそう言われていることを、李白はつねにかんじている。それでも友人たちがはなれないのは、たとえば会食したり、酒家の勘定を払うのは彼であることが多いからなのだ。おそらく若き日の武則天が、宮廷で「才人」として立ちまわっていたとき、李白とおなじような屈辱の心理をもっていたであろう。

おおぜいの友人に囲まれていても、その意味で彼は孤独をかんじていたはずなのだ。友人が多ければ多いほど孤独である。なぜなら自分は彼らとおなじでないと、あらためて思い知らされるからなのだ。

士族階級の人たちが連れ立って馬で行く。彼らは道で庶民の群と会う。庶民にも豊かな庶民と貧しい庶民がある。この場合、馬上の士族連中が会ったのは、貧しい庶民たちだった。観察者はこの対比に興味をもつかもしれない。だが馬上の士族のなかに、じつは豊かな庶民が一人まじっていればどうなるだろうか？　それが李白のすがたにほかならない。

李白の楽府に、「採蓮曲」と題する一首がある。唐代の蓮は詩歌にその花を詠むよりは、蓮の実を採るテーマの詩のほうが多い。蓮の実は舟に乗って摘むのであり、若い女性の仕事とされていた。だから「採蓮曲」にはなまめかしいのが多い。

採蓮曲

若耶溪傍採蓮女
笑隔荷花共人語
日照新粧水底明
風飄香袂空中擧
岸上誰家遊冶郎

若耶渓《じゃくやけい》の傍《ほとり》　採蓮の女
笑って荷花《かか》を隔てて　人と共に語る
日は新粧《しんそう》を照らし　水底に明《あき》らかに
風は香袂《こうべい》を飄《ひるが》えして　空中に挙《あが》る
岸上誰《た》が家の　遊冶郎《ゆうやろう》ぞ

三三五五映垂楊
紫騮嘶入落花去
見此踟躕空斷腸

三三五五　垂楊に映ず
紫騮《しりゅう》　嘶《いな》いて落花に入り去る
此を見て踟躕《ちちゅ》し空しく断腸

むかし絶世の美女といわれた西施が、浙江紹興の南にある若耶渓で蓮の実を摘んだといわれた。ほかならぬその若耶渓で、蓮の実をつんでいる女たちがいる。彼女たちは健康な勤労女性である。

北宋の周敦頤《とんい》（一〇一七―七三）は『愛蓮説』という名文をかいた。中国では中学生のころによくこれを暗記させられていた。私は若いころ台湾で中学の英語の教師をしていたが、隣の教室からこの愛蓮説がきこえてきたものである。

――水陸草木の花愛すべき者はなはだ多し……

と、陶淵明が菊を愛し、唐以後は牡丹を愛したことを述べ、周敦頤はそれでも私は蓮が好きだと述べている。その理由は蓮は泥から出てくるが、その泥の汚れに染まらないことを挙げている。結論は、

――菊は花の隠逸なる者、牡丹は花の富貴なる者、蓮は花の君子なる者なり。

となっている。

この愛蓮説は題を含めて全文わずか百二十二字にすぎない。中学生の初年級の暗記としては、あまり負担にならない量であろう。

蓮の花は荷花と呼ばれることはのべた。若耶渓のほとりで蓮の実をつむ女たちは、荷花をへだてて、笑いさざめきながら話し合っている。彼女たちの新しいよそおいは、日に照らされ

て、水底に映っている。風はかぐわしい袂《たもと》をひるがえし、空中にまいあがる。岸の上ではどこの遊び人か、三三五五、しだれ柳の陰にあらわれた。くり毛の名馬はいななきながら彼らをのせて、ふりしきる落花のなかに去った。それを見て、彼女たちは行きつ戻りつ、むなしくせつない思いをしたのである。

——身分がちがう。

——あの人たち、あたしたちに目もくれなかったわ。

——別世界の人だけど、あたしたちも別世界に行けるかもしれないわ。

——見初《みそ》められてね。でも見初められるためには近くまで行かねばならないわ。

——あの人たち、いま近くまで来たじゃない？

——だけど、こちらを見むきもしなかったじゃない。

——夢みたいなこと考えないで。さぁ、蓮の実を摘みましょう。

そんなやりとりが、名馬の蹄の音が消えるまでのあいだ、きかれたにちがいない。彼女たちの胸のなかには、もっと複雑なときめきがきかれたかもしれない。「採蓮曲」の余韻を翻訳者たちはうまくとらえただろうか？

李白の「採蓮曲」のドイツ語訳をよんで、グスタフ・マーラー（一八六〇——一九一一）が、交響曲「大地の歌」の第四楽章の着想をえたことはよく知られている。

三三五五通りすぎた馬上の遊冶郎のなかに「身分がちがう」と思っている李白がいて、この情景をどうかんじていたか？

なぜ人はものを書くのか？　私たちは『史記』を書いた司馬遷のことばを思い出す。「太史公自序」の一節である。

――むかし、西伯（周の文王）は羑里《ゆうり》にとらわれて『周易』を演《の》べ、孔子は陳・蔡（地名）に厄《やく》（困難にあう）して『春秋』を作り、屈原は放逐されて『離騒』を著わし、左丘明（春秋左伝の著者）は失明して『国語』を残した。孫子は脚切りの刑をうけて兵法を論じ、呂不韋は蜀に遷《うつ》されて世に『呂覧（呂氏春秋）』を伝えた。韓非は秦に囚《とら》われて、『説難《ぜいなん》』・『孤憤』（韓非子の篇名）あり。詩三百篇（『詩経』のこと）は大抵賢聖の発憤為作《いさく》するところなり。これ人皆な意《こころ》に鬱結《うっけつ》するところありて、その道を通ずるを得ず、故に往事を述べて、来者を思うなり。

著作する人はみな心に鬱結するところがあり、だから今は理解されなくてもせめてそれを後生の人に伝えようとするのである。

5

李白は社交家であった。山東の任城にいたころ徂徠山で諸友と飲み、竹渓の六逸などと評判になったのは、李白が三十代の半ばであった。六逸は李白のほか、孔巣父《こうそうふ》、韓準、裴政、張叔明、陶沔《とうべん》たちである。

そのころ李白が最も敬愛した先輩の詩人は孟浩然であろう。

孟浩然は生涯仕官しなかった。湖北の襄陽の人だが、そこの鹿門山に隠棲し、四十になって、はじめて長安に出たという人である。李白より十二歳年長で、彼はこの先輩を尊敬した。彼の「孟浩然に贈る」という詩は、その冒頭に、

——吾《われ》は愛す　孟夫子《もうふうし》
とある。
夫子は人を呼ぶ敬称である。

贈孟浩然
吾愛孟夫子
風流天下聞
紅顔棄軒冕
白首臥松雲
酔月頻中聖
迷花不事君
高山安可仰
徒此揖清芬

吾は愛す　孟夫子
風流　天下に聞こゆ
紅顔　軒冕《けんべん》を棄て
白首　松雲に臥《が》す
月に酔うて頻《しき》りに聖に中《あた》り
花に迷うて君に事《つか》えず
高山　安《いずく》んぞ仰ぐ可《べ》けんや
徒《いたずら》に此《ここ》に　清芬《せいふん》を揖《いっ》す

これは律詩といわれる詩である。対句を二つ以上いれるという規則があり、この詩も「紅顔と白首」、「酔月と迷花」という対句で、そのきまりをクリアしている。李白はこんな規則にしばられるのがきらいだった。だから、彼は律詩を得意としていない。そうした規則の少ない楽府のほうが、彼にむいているといえるだろう。
紅顔は紅顔の美少年というように若者のこと。白首は白髪頭のことだから老人のことを指す。軒は役人の乗る車で、冕は高官のかぶる冠、そんなものには見むきもしないのが「棄てる」である。若いころから役人の途につくことには関心がなかった。そして年をとった今は松や雲に横になる。自然に親しむことにほかならない。そんな隠逸の生活をたのしむさまを形容して、月に酔うて聖人に中《あた》り、花に迷うて仕官しないと述べた。「聖」とは酒の隠語である。『三国志』の時代、曹操が禁酒令を出した時期があった。その時、清酒の隠語として「聖」、濁酒を「賢」と表現した。

曹操が禁酒令を出した前年は不作で、兵糧の調達に苦心して酒造を禁じ、酒は亡国の因《もと》だからという理由をつけた。これにたいし建安の七子の一人にかぞえられる孔融（孔子の二十世の子孫）が、

――たしかに酒が亡国の因になったこともある。殷紂夏桀のように色によって国を亡ぼした例もある。酒だけを禁じ、なぜ天下の婚姻を禁じないのか？　やはり穀物が欲しいからではないのか？

という手紙を送ってきた。曹操はこんな屁理屈が大きらいであった。孔融が世に発表した文章を点検すれば、大逆無道にあたる論旨がすくなくない。孔子二十世の子孫である自分をどうすることもできまいとタカをくっていた。その態度も曹操の気にくわなかった。孔融は建安十三年（二〇八）、赤壁の戦の年に処刑された。曹操は処刑するにあたって、秋霜烈日の気を軍中に吹きこむことを期待したのであろう。

『詩経』の小雅に

――高山仰止　景行行止（高山は仰ぐべし大道は行くべし）

とある。それを李白は孟浩然に贈る詩に援用した。

孟浩然さんは高い山だから、どうして仰ぐことができようか。ただここで彼の清芬（きよら

かなかおり）に頭を下げましょう。

李白にはほかに「黄鶴楼にて孟浩然の広陵に之《ゆ》くを送る」と題する七言絶句がある。

黄鶴樓送孟浩然之廣陵

故人西辭黃鶴樓

煙花三月下揚州

孤帆遠影碧空盡

唯見長江天際流

故人西のかた黄鶴楼を辞し
煙花三月　揚州に下る
孤帆の遠影　碧空に尽き
唯だ見る長江の天際に流るるを

黄鶴楼は武昌の西南にある楼閣で、兵火によってなんども焼失している。清の乾隆元年（一七三六）ごろに湖広総督の史貽直《いちょく》が再建したのは三層楼、高さ十八丈（約五十八米）と記録されているが、百年後の太平天国の戦いでまた灰になった。清末の湖広総督の張之洞が再建したが、あまりにも規模が小さすぎるので、黄鶴楼と名のるのを憚って、「警鐘楼」と称していた。列強に分割される危機を国民にしらせる警鐘を鳴らすという意味であろう。だが、この建造物も五四運動の翌年（一九二〇）に焼失した。

ながいあいだ「遺跡」とされていたが、いまは、巨大な黄鶴楼が復原され、毎日のように観光客で賑わっている。

長江に臨んだこの地にむかし黄鶴が飛来したという伝説がある。一説には辛氏が営む酒店に、半年のあいだ金を払わずに毎日酒をのみにくる老人がいて、あるとき店の壁に黄いろい鶴を描いて立ち去った。ところが店の客が手拍子をうつと、その黄鶴はおどり出すのである。これが評判となって店は大繁昌で辛氏は大金持ちになった。十年たって、例の老人がやって来て笛を吹くと、絵の黄鶴は壁から出てきて、老人はそれにまたがると、白雲にのって飛び去った。辛氏はそこに楼閣をたてて記念したという。この話は日本にもとりいれられて落語のタネ本になっている。

「故人」はむかしからの知人で、ここでは孟浩然のことである。「煙花」はモヤのことで、中国ではケムリよりモヤのことが多い。

この詩は『唐詩選』にも収録されている。転句の「碧空尽」が「碧山尽」となっているテキストも多い。

山西の太原から安陸に帰ったころ、詩人が三十七歳のころの作品と思われる。

昔なじみの人は、西のかた黄鶴楼に別れを告げ、かすみ立つ三月、揚州へむかう。一つの帆をかかげた舟は、しだいに遠ざかり、ふかいみどりの空に溶けこんで消える。あとはただ長江が天のはてまで流れて行くのがみえるだけである。

平明な表現で、解釈を要する難しい用語はない。だが、ここからかもし出される情趣はきわめて濃やかである。これを絶唱と評す人は多い。多くの人に愛唱され、とくにこの地を通った人はかならずこの詩を思い出した。題は孟浩然が広陵へ行くのを送るとなっているが、詩の本文では州名で揚州としている。天宝元年（七四二）、揚州を郡名の広陵に改めよという指示が出たが、それは詩人の用語を強制するものではなかった。

南宋の陸游（一一二五―一二〇九）は、かつて四川制置使の范成大に招かれて成都に行った

が、その旅行記『入蜀記《にっしょくき》』は有名である。そのなかで彼は李白のこの詩を引用したが、転句のところを、

——征帆遠映碧山尽

としている。孤帆が征帆に、遠影が遠映に、碧空が碧山になっている。

最後の碧山は、そうなっているテキストも多いが、征と映はほかの刊本には見あたらない。

おそらく旅行中の陸游は、李白の詩集を手もとに持っていなかったかもしれない。あるいは李白の有名な詩なら、自分はぜんぶ暗記しているという自信があって、わざわざ李白詩集の頁をひらいて確かめなかったのだろう。

李白の文集にはもう一首「春日帰山寄孟浩然」と題するかなり長い詩がある。内容はあきらかに僧侶に宛てたものである。孟浩然はけっして出家ではない。浩然という出家に宛てたもので、編集する者が、孟浩然だと思って勝手に「孟」の字を加えたという説もある。

だが、研究者によれば、この詩が李白の作であることも疑わしい。年号でいえば、開元、天宝のにおいがしない。チマチマと規則通りにまとめた作風は、大暦（七六六〜七七九）以後のものだという。

李白の詩は多いのだし、疑わしいものはとりあげないのが賢明であろう。

李白は先輩として孟浩然を尊敬したが、作詩にはあまり彼の影響は受けていないようである。自然詩人として、彼は李白よりも王維に近い。孟浩然の名がひろく知られたのは、「春暁」によってであろう。

春眠　暁《あかつき》を覚えず
処処　啼鳥《ていちょう》を聞く
夜来　風雨の声
花落つること多少を知らんや

李白は蜀にいたころから友人が多く、家産も豊かであったこともあり、会おうと思えば戴天山まで行って、道士を訪ねようとしたりした。

彼が長安へ行ったのは、道士の呉筠《ごいん》が詔に応じて上京したとき、推薦したからであろう。長安で彼は賀知章の知遇をえた。玄宗に謁見を許され、翰林供奉に任ぜられた。翰林院は玄宗のときに充実された機関で、皇帝が気がむいたとき、呼び出しに応じるだけで、執務所もなく、官位もなかった。文学家や音楽家がそこに席を与えられ、いわば皇帝のお友だちグループから出発したのである。しかしのちには詔書の起草までまかせられ、重要なポストとなった。雑多な才能がそこに集められ、自由の風気があった。

長安の宮廷にいた三年が、李白の得意の時期であろう。李白とならんで七言絶句の双璧とうたわれた王昌齢《おうしょうれい》が、いつ李白と知り合ったか判然としない。王昌齢のほうが三歳ほど年長であるが、李白にとっては孟浩然ほど遠慮せずにつき合える相手であったろう。しかし友人としては孟浩然はおだやかな、ときには隠者のようなかんじのする人物であった。それにたいして、王昌齢はいささか問題児である。『唐才子伝』の彼の項は、

――奈何《いかん》せん、晩途、小節をつつしまず、謗議騰沸し、両たび遐荒《かこう》（へんぴな土地）にはな

たれ、知音の者をして喟然《きぜん》として長歎せしめ、帰全の道を失いしこと痛ましからずや。

と結ばれている。

「帰全の道を失う」とは、おだやかでない表現である。帰全とは五体満足で帰ることをいう。

——兵火の際なるを以て、郷里に帰り、刺史閭丘《りょきゅう》暁《ぎょう》の忌《い》みて殺す所となる。

と、その伝にある。詳細は不明だが、刺史（地方長官）に憎まれて処刑されたようである。その刺史の閭丘暁も、安史の乱のとき軍を率いて期日に遅れて死刑になったが、そのとき、年老いた親がいますので、と助命を乞うたが、総司令の張鎬《ちょうこう》が、「それでは王昌齢の親はいったい誰に養わせる積りだったのか」と、叱りつけた話が伝わっている。

王昌齢が最後に左遷された竜標は湖南省の奥、貴州省に近い僻地で、進士に及第して校書郎になったような人の行くところではない。李白の詩にもあるように夜郎に近い。懲罰的な左遷であることはあきらかであった。

李白は三年の宮仕えをやめたあと、諸国を放浪しているとき、王昌齢が夜郎に近い竜標に左遷される話をきいた。そこで「王昌齢が竜標に左遷さるるを聞き、遥かに此の寄《き》あり」と題する詩を作った。

聞王昌齡左遷龍標遙有此寄

楊花落盡子規啼　楊花《ようか》落ち尽して　子規《しき》啼《な》く
聞道龍標過五溪　聞道《きくなら》く　竜標　五渓を過ぐと
我寄愁心與明月　我　愁心を寄せて明月に与う
隨風直到夜郎西　風に随い直《ただ》ちに到れ夜郎の西

「寄」は遠くにいる人に宛てた詩のこと。

やなぎの花が落ち尽して、ホトトギスが鳴く季節となったいま、きみが竜標に左遷されて、もう五渓をすぎたと聞いた。

私は愁いの心を明月にことづけて、風のまにまに夜郎の西までまっすぐに届けたい。

この詩は唐詩選にも採られて、左遷をなぐさめることばとされた。李白自身も左遷とあまり変らぬ境遇であった。王昌齢のその後の運命を私たちは知っているから、よけい悲しいのである。李白自身もあとで夜郎に流されかけたのであるから、この詩の最後のことば「夜郎の西」は、人の心をえぐる。

夜郎の国は漢代から中原と往来があり、漢の使節にこの国の首長が、漢は我が国ほど大きいかとたずねたので、井戸のなかの蛙のことを「夜郎自大」というようになった。

いまでもこの地方は苗族をはじめ多くの少数民族が住んでいる。

李白の詩に「五渓」という地名が出てくる。竜標へ行くにはそこを通らねばならないようだ。『水経注』(北魏の酈道元《れきどうげん》著)によれば「武陵に五渓あり、雄渓、樠《まん》渓、酉《ゆう》渓、無渓、辰渓をいう。皆蛮夷の居る所なり」とある。武陵といえば沅江が洞庭湖に注ぐあたりで、竜標はその沅江をはるかさかのぼった所にあり、現在の地名でいえば、黔陽《けんよう》であろうという。もちろん武陵以上に蛮夷色濃厚である。

四世紀初頭、中央政府(西晋)の威令は地方に及ばなかった。湖北と河南の省境にいた少数民族の義陽蛮の張昌が反乱をおこし、政府軍の劉弘がこれを平定した。政府軍の部将として功績のあった陶侃《とうかん》はのちに東晋の重臣となる。陶侃はひとから「渓狗」と呼ばれていたという。渓の狗《いぬ》とは五渓蛮の蔑称である。とすれば張昌討伐は、蛮を以て蛮を制した戦いにほかならない。

蛮ということばは、少数民族を意味するのか、それとも漢族でありながら獰猛な人間を指すのかわからない。

なぜこんなことにこだわるのかといえば、陶侃がほんとうの少数民族であれば、中国文学史に一つの鍵を提供するかもしれないからである。陶侃は東晋の大司馬にまで昇進したが、彼の曾孫が、陶淵明である。陶侃がニックネームだけでなく、ほんとうの五渓蛮であったとすれば、その曾孫にあたる陶淵明もとうぜん五渓蛮でなければならない。とすれば、渓狗と蔑称された家系で心に鬱結するものがあり、それが文学に結びつくという司馬遷の説のとおりではないか。

6

李白が安陸で結婚したのは、開元十五年（七二七）説と開元二十年（七三二）説とがある。天宝元年（七四二）、四十二歳で長安に行くまでのあいだが、李白の最も安定した時期ではないかと思う。

『唐詩選』に収録されている「静夜思」や「秋思」などは、この時期に作られたと思われる。

静夜思

牀前看月光
疑是地上霜
擧頭望山月
低頭思故郷

静夜の思い
牀前《しょうぜん》　月光を看る
疑うらくは是《こ》れ地上の霜かと
頭を挙《あ》げて　山月を望み
頭を低《た》れて　故郷を思う

ベッドの前にさしこむ月の光を看た
ふとこれは地上におりた霜かとおもい
頭をあげては山の端の月をながめ
頭をたれてはふるさとを思った

なんのてらいもなく、率直に目の前の情景と自分の想いを述べ、古来絶唱といわれている。『唐宋詩醇』（清乾隆十五年〔一七五〇〕勅撰）は起句の「看月光」が「明月光」となっている。これは清初最高の詩人といわれた王士禎が『唐人万首絶句選』で「明月光」としたのを踏襲したように思われる。おそらく王士禎が「看月光」より「明月光」のほうがよいと思って、「臆改《おくかい》」（ひとり勝手に改める）したのであろうとする。編者としてあってはならないことであろう。魏文帝（曹丕）の「仰観明月光」の句が、編者の頭にあったからだろうという、弁護論もあった。

『詩藪』（明の胡応麟著）に有名な評言がある。

——陳思之古、拾遺之律、翰林之絶、皆天授非人力也。

陳思は陳の思王に封ぜられた魏の曹植（曹操の三男）のことで、彼の古詩はすぐれていた。拾遺は左拾遺の官を授けられた杜甫のことで、国破れて山河在りなどの律詩で知られる。翰林は翰林供奉になった李白のことで、彼は絶句の名人であった。この三人はみな天から才能を授けられたのであり、人間の力で作詩したのではないという。

李白と杜甫が世に出るまでは、陳思王の曹植が詩の第一人者であった。『詩品』（詩を品評した六朝鍾嶸《しょうこう》〔四八〇—五五二〕撰）では、

——陳思の文章におけるや、人倫の周・孔あるに譬《たと》う。

としている。詩文の世界では、曹植の地位は人間界における聖人の周公や孔子にたとえられる。——これ以上のほめ方はないほどであった。

李白と杜甫は、二人で曹植をのりこえたようである。並称するときは年齢順で李白のほうが先になっている。詩聖というともっぱら杜甫を指し、李白は聖よりも仙である。しかも二人は同じ時代を生きたのである。

杜甫に「飲中八仙歌」という作品がある。八人の飲んだくれの歌だが、李白も八人のなかにかぞえられているのはいうまでもない。

李白一斗詩百篇
長安市上酒家眠
天子呼來不上船
自稱臣是酒中仙

李白は一斗にして詩百篇
長安市上　酒家に眠る
天子呼び来たるも船に上らず
自ら称す　臣は是れ酒中の仙と

李白は一斗（唐代の一斗は現在の日本の約一升）の酒を飲むあいだに百篇の詩を作る。長安市中の酒屋で、たいてい酔いつぶれている。天子のお召しがあっても酔っぱらって船にのれない。そして天子にむかって、「臣は酒中の仙人でございます」と言った。

これは天宝四、五載ごろの作である。李白が長安を追放された直後の作詩であった。李白が長安を出て洛陽で杜甫に会ったのは、天宝三載のことだった。詩のなかの李白のことは、遠いむかしの伝説ではなく、つい一年か二年前の宮廷でおこった実話である。

李白が任命された翰林供奉は、文学や芸能にすぐれた人に与えられた新設のポストで、皇帝の話し相手になるだけだった。お召しがなければ、毎日出勤する義務もなかったらしい。だから李白が勤務中に酒をのんでいたのではなく、長安市上の酒家でのんで眠っているときにお召しがあったのだ。

三年に及ぶ在職中に、李白はなんども呼び出されたであろう。しらふのときもあれば、市中の酒家から直行したこともある。宮中にも李白ファンがいて、よく宴席に招かれたようだ。玄宗の側近第一号は宦官の高力士だが、李白は召されたとき、酔っぱらって脚をつき出し彼に靴を脱がせてもらったことがあり、それが李白追放の一因だという説もある。

李白に「清平調詞」と題する詩が三首あり、三首とも『唐詩選』に採用されている。清平調は音楽の調子の名であろうが、『唐書』礼楽志には、唐二十八調に正平調や高平調はあるが、清平調の名はみえない。だからよくわからないが、詮索してもはじまらない。ただ詩につけた新しい題と解釈しておこう。

玄宗皇帝が楊貴妃と連れ立って、宮廷内で牡丹の花見をしている。当時の最高の歌手の李亀年が歌で興を添えようとしたとき、玄宗が「名花を賞しようとして、しかも美女が前にいる。これで古い詞をうたってもつまらぬ。新しい詞を所望するぞ」と言った。

新しい詞を所望すると言われても、即座にそれが作れるのは李白のほかにいない。早速、李白が召し出される。李白はこの日も酔っぱらっていたが、そこは「一斗詩百篇」の李白である。召し出されて、李亀年から金花箋を受け取ると、そこにさらさらと書きつけたのがこの清平調詞三首であった。このいきさつは宋の楽史の『楊太真外伝』にやや小説的にえがかれている。李白の詩がうたわれているあいだ、楊貴妃がガラスの七宝杯に西涼州のブドウ酒をいれて、満足げにほほ笑んでいるところまで描写したのである。

天子と貴妃の前での晴れの舞台だが、李白は酔っている。ここはもともと庶民が来るべき場所ではない。彼は酒でも飲まねば、こんな所に来ることはできないと思っていたのかもしれない。

清平調詞　其一

雲想衣裳花想容
春風拂檻露華濃
若非羣玉山頭見
會向瑤臺月下逢

雲には衣裳を想い花には容《かたち》を想う
春風檻《かん》を払い露華濃《こま》やか
若《も》し群玉山頭《ぐんぎょくさんとう》にて見るに非ずんば
会《かなら》ず瑤台月下《ようだいげっか》に向《お》いて逢わん

雲を見ると美しい衣裳を想い、花を見るとあでやかな容姿が連想される。春風が手すりを払い露の光がこまやかである。こんな美人は仙女の住居の群玉山でお目にかかるのでなければ、きっと月夜の瑶台でしか逢えないであろう。

李白がここで注文されたのは、楊貴妃の美しさをうたうことだった。史上あるいは伝説の美女になぞらえる。群玉山は西王母という仙女の住む山である。『山海経』では西王母は人面虎歯豹尾というおどろおどろしい姿にえがかれているが、のちしだいに仙女あるいは神女となったようだ。仙女というからにはとうぜん美女であったと解された。瑶台は玉でつくられた高台または宮殿のこと。『楚辞』の「離騒」には、有娀《ゆうじゅう》氏の美女がそこに住んでいたとなっている。『史記』によれば、殷の始祖契《せつ》の母簡狄《かんてき》は有娀氏の娘となっているが、こんな仙女クラスの女は楊貴妃にたとえてもまず無難であろう。

即興の詩を作れといわれても、漢詩には脚韻や平仄をととのえる手順があり、出来あがったあとも点検してみなくてはならない。清平調詞其二は、最後の点検にやや手抜かりがあったようだ。

清平調詞　其二

一枝紅艶露凝香
雲雨巫山枉断腸
借問漢宮誰得似
可憐飛燕倚新粧

一枝《いっし》の紅艶《こうえん》　露　香を凝《こ》らす
雲雨巫山《うんうふざん》　枉《むな》しく断腸
借問《しゃもん》す漢宮誰か似るを得たる
可憐《かれん》の飛燕　新粧《しんしょう》に倚《よ》る

一枝の紅くあでやかな花に、露が香をあつめている。雲雨巫山のことは、いたずらに断腸の思いをさせる夢にすぎない。おたずねするが、美人ぞろいという漢の宮殿のなかで、誰がいちばん（楊貴妃に）似ているだろうか？　あの可憐な飛燕が化粧したばかりのすがたをこれみよがしにしているさまがそれではないか。

「雲雨巫山」は微妙なことばである。紀元前三世紀の宋玉（楚の人。屈原の継承者といわれる）の「高唐賦」序にみえる話にもとづく。楚の懐王が夢で美女と会い、枕をかわしたが、別れに臨んで彼女は、「私は巫山にすみ、朝には雲となり、暮には雨となります」と言った。翌朝見ると嶺には雲がうずまき、王は女が巫山の女神であると知り、断腸の思いをしたという。中国では男女の情事のことを「巫山の夢」とか「雲雨の事有り」と表現する。

飛燕は漢の成帝の皇后にまでなった趙飛燕（紀元前一年没）のことで、妹と二人で後宮に入り、彼女は皇后になった。やせ型の美女で、グラマーの楊貴妃とよく対比される。姉妹で皇帝の愛を独占し、十数年後に成帝が急死するとさまざまな噂が立ち、妹は自殺してはてた。飛燕もその後、王莽（前四五—後二三）によって庶民におとされ、妹とおなじ自死をえらんだ。

考えてみれば、飛燕は不吉な女であった。だが当時にあっては、唐のことを漢になぞらえるのは、ごくふつうのことであった。白居易も『長恨歌』で、玄宗皇帝のことを漢皇と表現している。唐随一の美女を七百年以上も前の、漢代最高の美女の飛燕に見立ててもふしぎではない。げんに李白も「宮中行楽詞」のなかで、飛燕や阿嬌（武帝の皇后）に言及している。どちらも不幸な女であった。

李白が普通の人であれば問題はなかったであろう。宮廷人にとって、李白はどこの馬の骨かわからない男であった。たしかに詩はうまい。だが、李白の父がどんな人か、誰も知らないのである。詩という特技があるので、やむなく仲間に入れてやってるのに、有難いとも思わずに、横柄ではないか。やはり宮廷にはむいていない男であろう。宮廷を酒家とまちがえている。——そんな反李白の声が宮廷筋からおこった。楊貴妃を自殺した飛燕にたとえたことが、李白を排斥したい人たちの一つの根拠となっていた。靴を脱がせられた屈辱から、玄宗の最も信頼する高力士が反李白グループの中心になった、と当時の文献にみえる。

李白が唐の宮廷にはいれたのは、前述したように道士の呉筠の推薦によってであった。ところがその呉筠の宮廷における立場が、しだいに微妙になってきたのである。玄宗皇帝は道教が好きであった。唐室の祖先は老子（李耳）となっていて、宮中席次でも「道先仏後」と定められていた。ところが皇帝が最も信頼する宦官の高力士が、熱心な仏教信者であったため、道士呉筠にたいする風当りが、なんとなく強くなる気配であった。

「清平調詞」の最後の一首はつぎの通りである。

清平調詞　其三

名花傾國兩相歡
長得君王帶笑看
解釋春風無限恨
沈香亭北倚闌干

名花傾国《めいかけいこく》　両《ふた》つながら相歓《あいよろこ》ぶ
長《とこし》えに君王《くんのう》の笑いを帯びて看るを得たり
春風無限の恨みを解釈して
沈香《じんこう》亭北　闌干《らんかん》に倚《よ》る

名花は牡丹にちがいない。それを見ているのは、傾国の美女楊貴妃である。漢の武帝の時代の名歌手李延年が、自分の妹の美しさをうたった歌詞に、「北方に佳人あり、絶世にして独り立つ。一たび顧みれば人の城を傾け、再び顧みれば人の国を傾く」とあったことから美人を傾城とか傾国といった。

見られる牡丹も、見る傾国の美女も、どちらもよろこび合っている。いつまでも君王は笑みをうかべている。

春風が無限の恨みを、すっかり解きほぐしている。沈香亭の北の欄干によりかかる（楊貴妃の）すがたよ。

李白の詩として残されているのは一千四首である。なかに疑わしいと思われるのが数首ある。この清平調詞と同じころ、宮中で「宮中行楽詞」を十首作ったといわれているが、現存するのは八首だけである。李白の詩で失われたのがかなりあると思われる。

『唐詩選』は李白の詩を三十三首収録した。「清平調詞」は三首とも選ばれた。だが、「宮中行楽詞」は一首も採られていない。清平調詞が三首ともはいっていることについても、異議があったと思える。

「なんだ、玄宗皇帝と楊貴妃にへつらった内容ではないか。それも注文されて、しかも酔っぱらって書いたというではないか」

そんな批判は、とうぜんあっただろう。

玄宗皇帝は武恵妃を愛していた。ともに音楽や芸術を語れるよき妻であった。だが、開元二十五年十二月、彼女は二男二女を残して他界した。それ以後、彼は武恵妃のような伴侶を求め、高力士にそんな女はいないかと催促していたのである。玄宗には皇后はいなかった。武氏を皇后にしてはならぬという鉄則があった。唐王朝はすんでのことに武則天に簒奪されてしまうところだった。実際に一時期、簒奪されたといえよう。武恵妃はその一族だったので、貴妃まではよいが皇后にはなれない。そのかわり、皇后は空位にしていた。

高力士がみつけた理想の女はなんと武恵妃の生んだ寿王の妻であった。それが楊貴妃となった女である。さすがは儒教の国だから、いったんこの世と縁を切らねばならない。彼女は女道士となって「太真」という道名を名のった。その後玄宗皇帝の楊貴妃にたいする寵愛は、かつての武恵妃のそれを超えたといわれている。

李白の詩は、はたしてへつらいといえるであろうか。清の袁枚（一七一六―九七）は、友人張儀封の観察として、李白の清平調詞は、けっして牡丹の花見をよんだのではないという説を紹介している。其一の最初の句は、げんにそこに楊貴妃がいるのに、なぜ雲や花に彼女を想わねばならないのか。なぜどこでも彼女に会えるのに、群玉山や瑶台のような架空の場所を言うのか。其二でなぜ巫山に断腸しなければならないのか。

この詩が書かれたのは、武恵妃の没後わずか五年にすぎない。沈香亭は玄宗にとって武恵妃との思い出の地であったはずである。

楊貴妃がいるので言えないが、玄宗も若い日の武恵妃との遊びを忘れかねている。李白はそれを察して、楊貴妃のうえに武恵妃のイメージを重ねて作詩したのであろう。伝えられているように楊貴妃が頭の冴えた女であれば、彼女もこれに気づいたにちがいない。だが五年前に他界した武恵妃に嫉妬するのは、彼女のプライドが許さない。そこで七百年前の飛燕にくらべられたと立腹したことにしたのではないか。

李白の詩集は宋以後、なんども編まれた。千首以上のこした彼の詩から抜粋したアンソロジーもすくなくない。なかにはこの清平調詞三首を、へつらいの宮廷詩とみてか、選に入れていないものがある。それにたいして、周珽という人は李白の詩は「美しいなかにトゲ」があり、そのトゲに気づかない人がいると評している。

7

李白の宮廷生活は足かけ三年であるが、正味は二年に満たないだろう。天宝元年の秋に召され、天宝三載の三月に出京している。李白四十二歳から四十四歳までのあいだであった。とうぜん彼の得意の時代であるが、敵も多かったのである。宮廷ではとくに出自や身分が重んじられる。それのなかった李白は、奔放にみえて、じつは緊張つづきの日々であったにちがいない。

宮中行樂詞　其一

小小生金屋
盈盈在紫微
山花插寶髻
石竹繡羅衣
毎出深宮裏
常隨歩輦歸
只愁歌舞散

小小にして金屋《きんおく》に生まれ
盈盈《えいえい》として　紫微《しび》に在り
山花宝髻《ほうけい》に挿《さ》しはさみ
石竹　羅衣に繡《ぬいとり》す
深宮の裏《うち》より出づる毎《ごと》に
常に歩輦《ほれん》に随って帰る
只だ愁う　歌舞散じては

化作綵雲飛

化して綵雲《さいうん》と作《な》りて飛ばんと

宮中には李白に好意をもたぬ者ばかりでなく、彼の才能を高く評価する人もいた。自らも筆をとって文章をかく玄宗その人である。彼の一族はたいてい芸術家肌であった。兄の寧王も李白を愛し、よく招いて飲んだ。ちょうど李白が寧王のところで、だいぶ酔っていたころ、お召しがあり、そこで律詩を十首作れといわれた。これはいささか意地の悪い注文である。一斗詩百篇といわれるほどのスピードで詩のかける李白だが、規則の多い律詩はやや苦手であった。

小っちゃなときから黄金づくりの家で生まれ、みずみずしい美しさで天子の宮殿に住む。山の花をもとどりにさしはさむ。石竹（からなでしこ）模様がうすぎぬの衣に刺繡してある。奥の御殿から出るたびに、歩輦《てぐるま》について帰る。ただ心配なのは、歌舞がすむと、みんな美しい雲となって、飛び去ってしまいはせぬかということだけ。

漢の武帝（前一五六―前八七）は幼少のころ、いとこ（父景帝の姉の娘）の嬌と遊び、

――嬌ちゃんがぼくのお嫁になったら、黄金づくりの家に住ませてあげるよ。

と、言った。もちろん子供のままごと遊びの会話だが、武帝は嬌を妻とした。これが陳皇后である。このほほ笑ましいエピソードは、中国では誰でも知っている。

盈盈は水が満ちているさまで、古詩では美女の形容によく使われ、これも誰でも知っていることばであった。紫微はもともと星座の名で、天の中軸と考えられたことから、帝王の住む所と考えられた。歩輦はとくに天子がのるてびきぐるまである。

子供の武帝が登場する童話の世界であり、李白はそれを見下ろしている。つぎの其二もおとぎ話のつづきだが、其一で幼き日の陳皇后を出したように、こんどは趙飛燕を出した。

宮中行樂詞　其二

柳色黄金嫩　柳色は黄金にして嫩《やわら》か
梨花白雪香　梨花《りか》は白雪にして香《かんば》し
玉樓巣翡翠　玉楼には翡翠《ひすい》巣《す》くい
珠殿鎖鴛鴦　珠殿には鴛鴦《えんおう》を鎖《とざ》す
選妓隨雕輦　妓を選んでは雕輦《ちょうれん》に随わしめ
徵歌出洞房　歌を徵《め》しては洞房《どうぼう》を出《い》でしむ
宮中誰第一　宮中は誰か第一なる
飛燕在昭陽　飛燕は昭陽に在り

柳の色は黄金のようで、やわらかい。梨の花はまっ白でかんばしい。玉楼には美しい羽をもつかわせみが巣をつくり、真珠で飾られた御殿には夫婦仲むつまじいおしどりがとじこもっている。えらばれた妓が、天子のてぐるまに随行しているし、奥の部屋から召された歌手たちが出てくる。大ぜいの美人がいるが、誰が一ばんであろうか。いうまでもなく昭陽殿にいらっしゃる飛燕である。

寧王の邸から急に呼び出され、あまり得意としない律詩十首と注文された。『新唐書』の李白伝につぎのような情景がえがかれている。

――召して入るに、白、已に酔う。左右、水を以て面にそそぎ、稍《よう》解《やく》く。筆を授《と》りて文を成《つく》る。婉麗精切にして思いを留むるなし。帝、其才を愛ししばしば宴見す。

顔に水をぶっかけられ、無理矢理筆をとらされて作詩したのである。彼の頭には脚韻や平仄や対句などは一杯つめ込まれていただろう。それを取り出すのである。李白は古今の詩を広く読んでいた。脳中にあるのが自作か、それとも他人のものか、酔った彼にはわからなくなることもあっただろう。

この詩の冒頭の十字、「柳色黄金嫩梨花白雪香」は、六朝陳の文人陰鏗《いんこう》のものと全くおなじである。偶然おなじ句を考えついたのか、それとも李白が自分の作と思いこんだのかそれはわからない。二人の生きた時代は、二百年ほどはなれている。そんなことを気にするような李白でないとおもう。

最後の句「宮中誰第一飛燕在昭陽」は、もちろん楊貴妃を意識しての漢の飛燕のことを言っている。飛燕は哀しい最期をとげたが、楊貴妃はこの詩がつくられたとき、まだ全盛を謳歌していた。

この詩がつくられた十数年後に、安禄山の乱で、楊貴妃は馬嵬《ばかい》の駅で死を賜わった。やはりその最期は飛燕に似ていた。杜甫が「江頭に哀しむ」(「哀江頭」)で楊貴妃を飛燕になぞらえたときには、二人の美女の運命はすでに定まっていたのである。

昭陽殿裏第一人
同輦隨君侍君側

昭陽殿裏第一の人
輦《れん》を同じくして君に随いて君側《くんそく》に侍《じ》す

杜甫「哀江頭」

杜甫の「哀江頭」について北宋の蘇轍（蘇軾の弟）は、白楽天の「長恨歌」も、これに及ばないと評している。

李白も杜甫も楊貴妃と同時代人であり、とくに李白は彼女の呼吸がふれるほど、間近かにいた人である。

宮中行樂詞　其三

盧橘爲秦樹
蒲桃出漢宮
煙花宜落日
絲管醉春風
笛奏龍鳴水
簫吟鳳下空
君王多樂事
還與萬方同

盧橘《ろきつ》は秦樹《しんじゅ》と為《な》り
蒲桃は　漢宮より出《い》づ
煙花は落日に宜《よろ》しく
糸管　春風に酔う
笛奏《ふえそう》すれば　竜　水に鳴き
簫《しょう》吟ずれば鳳《おおとり》　空より下《くだ》る
君王　楽事《らくじ》多く
還た万方《ばんぽう》と同じくす

はじめに出てくるロキツは、よくわからないが、外国産の果物である。英語のloquat（枇杷）がこの字に由来する説もあるが、ほかにキンカンだともいう。とにかくロキツは外国のものだがいまは秦（中国）の木になっている。同じようにブドウも西域原産だが、今は漢の宮殿でもできるようになった。

もとは外国産であったロキツもブドウも、中国でできるようになったのはめでたいことだ。かすみと花（煙花）も、落日の風景によくはえて、音楽（糸管。弦楽器と管楽器）も春風に酔っているようだ。笛を吹くと竜が水中で鳴き、簫で吟ずれば鳳が空から舞いおりてくる。君王には楽しいことが多いが、やはり天下（万方）と共にたのしむのである。

玄宗はわざと李白が苦手とする律詩を作らせた。律詩の規則では、首句はべつに対にしなくてもよいが、李白は首句まで対にした。「盧橘」と「蒲桃」、「秦樹」と「漢宮」である。自分はあまり規則ずくめは好まないが、規則以上の詩も作れると、誇示してみたのかもしれない。

宮中行樂詞　其四

玉樹春歸日
金宮樂事多
後庭朝未入
輕輦夜相過
笑出花間語
嬌來燭下歌

玉樹　春帰る日
金宮　楽事《らくじ》多し
後庭　朝に未だ入《い》らず
軽輦《けいれん》　夜　相過ぐ
笑いは花間の語に出《い》で
嬌《きょう》は燭下の歌に来《きた》る

莫教明月去　明月をして去らしむる莫《なか》れ
留著酔姮娥　留著《りゅうちゃく》して姮娥《こうが》を酔わしめん

ここでも「玉樹」「金宮」と、最初から対になっている。宋代のあるテキストには、玉樹のところが玉殿になっているが、そのほうが対としてはすぐれているように思う。

宮中の玉樹に春がもどってくる日、黄金の宮殿には楽しい事が多い。後庭（後宮）には朝はいうまでもなく入らないが、夜になると天子は軽輦にのってお通りになる。笑いは花の間の話し声からおこり、嬌（なまめかしさ）は燭の光の下の歌からかんじられる。明月をひきとどめて、月の精といわれる姮娥を酔わせてやりたい。

姮娥は嫦娥《じょうが》ともいい、中国では月の精といわれる。弓の名人羿《げい》の妻であったが、夫が西王母からもらった不老不死の仙薬を、ぬすんで飲んだため、からだが軽くなって月まで行ったといわれる。

羿はヘラクレスやスサノオノミコトのような荒ぶる神でもあった。『淮南子《えなんじ》』によれば、尭の時代、十個の太陽が並んで出て、五穀を焦がし、草木を枯らして、人民が大そう困った。そこで尭は羿に命じて九つの太陽を射おとし、万民はみなよろこんだという。

せっかく羿が西王母からもらった不老不死の薬を、妻の姮娥が奪って飲み、月へ出奔した話は『淮南子』にある。だが、別の話が『楚辞』の「天問」にあり、弓の名人羿が河伯（黄河の神）を射て、その妻の雒嬪《らくひん》を奪ったとなっている。

姮娥の話のほうが有名である。日本の月探査機は「かぐや」と命名されたが、中国のそれは「嫦娥」にほかならない。

宮中行樂詞　其五

繡戸香風暖
紗窓曙色新
宮花争笑日
池草暗生春
綠樹聞歌鳥
青樓見舞人
昭陽桃李月
羅綺自相親

繡戸《しゅうこ》　香風暖かに
紗窓　曙色《しょしょく》新《あら》たなり
宮花　争って日に笑い
池草《ちそう》　暗《ひそか》に春を生ず
緑樹には歌鳥を聞き
青楼《せいろう》には　舞人を見る
昭陽　桃李の月
羅綺《らき》を自《おの》ずから相親《あいした》しむ

宮廷詩人として李白には、詩人としての感性のほかに、臨機応変にことばをとり出す才能も求められる。それは碁の名人が、おびただしい棋譜をそらんじて、随時にそれを応用するのに似ている。この「宮中行楽詞」は、即座に十首（このうち二首は伝わらない）を作ることが要求されていた。しかもそれには玄宗のプライドもかかっている。――朕の近臣にはこのような驚くべき才能をもった者もいるのだぞ。皇帝は楊貴妃はじめ侍女を含めて、宮廷諸臣にそれを知ってほしいのであった。李白は玄宗に恥をかかせてはならない。

批評家は四行目の「池草暗生春」は、謝霊運（三八五―四三三）の「池塘生春草」を意識したと言われたが、あるいはそうかもしれない。李白はその包容力からみて、この六朝の大詩人の詩句はとうぜん暗誦していたはずである。

飾りのある戸に、かぐわしい風がふいて、あたたかい。うすぎぬを張った窓には、あけぼのの光が新鮮である。宮中の花は争って日の光にあたたって笑いだす。池のほとりの草もひそかに春の気配をみせはじめる。緑の木々のあいだからは鳥のうた声がきこえ、青楼のうえには舞う人がみえる。昭陽殿（漢代に飛燕が住んでいた宮殿）では、桃李の月となれば、うす絹やあや絹をつけた宮女たちが、たがいに親しみ合っている。

足かけ三年、正味一年有余のあいだに、李白が作った「清平調詞」と「宮中行楽詞」は、彼の宮廷詩人としての実績である。これについて郭沫若のように御用文士の作品にすぎないと切りすてる人もいる。

宮中行樂詞　其六

今日明光裏
還須結伴遊
春風開紫殿
天樂下珠樓
艷舞全知巧
嬌歌半欲羞

今日　明光の裏《うち》
還《ま》た須《すべか》らく伴を結んで遊ぶべし
春風　紫殿を開き
天楽《てんがく》　珠楼に下る
艶舞《えんぶ》　全く巧《こう》を知り
嬌歌《きょうか》　半ば羞《は》じんと欲す

更憐花月夜
宮女笑蔵鉤

更に憐れむ　花月の夜
宮女　笑って蔵鉤《ぞうこう》するを

明光とは漢の武帝が建てた宮殿の名で、燕趙の美女二千がいたという。一書（『雍録』）には、明光宮は三つあり、燕趙の美女の数は三千という。蔵鉤というゲームは、女性が手を握ってならび、誰が「鉤《こう》」（とめ金）を握っているかをあてるものらしい。漢の武帝の鉤弋《こうよく》夫人（昭帝の母）は幼少のころから拳を握ったままで、ひらいたことがなかった。ところが武帝がその拳にふれると、手はひらき、彼女が握りしめていたのは、玉の鉤であったという。彼女は絶世の美女だったので、当時の女性のあいだに、かたく拳をにぎりしめるスタイルが流行した。「蔵鉤」という遊びも、このエピソードから生まれたのである。

――今日は明光宮で仲間をあつめて遊ぼうよ。春風は紫殿を吹きひらき、天上の音楽は珠楼までおりてくる。あでやかな舞姫は、技巧の限りを知り、なまめかしい歌い手はちょっと恥ずかしそうだ。もっと可憐なのは花を照らす夜、宮女たちの蔵鉤あそびに、笑いさざめくことだ。

紫殿も武帝の建てた、神仙のための建造物。蔵鉤は正月の遊びとする文献（『敬訓』）もあるが、臘《ろう》の遊びとする『風土記』（晋の周処撰）の記述が正しいようだ。臘は冬至のあと三回目の戌《いぬ》の日で、とうぜん年末である。だから新年によく「旧臘は……」と挨拶する。一般の勤労階級の人で、ご馳走らしい食事にありつけるのは、春秋の社の日とこの臘の日だけで、無礼講のどんちゃん騒ぎである。

『礼記』という書物に、孔子が弟子の子貢と臘の祭の見物に行ったことが記されている。

――賜（子貢の名）や楽しきか？

と、孔子がたずねたのに、

――一国の人、皆狂えるが如し、賜いまだその楽しきを知らざるなり。

と、原理主義者の子貢は答えた。子貢は大金持でもあった。

澄懐集
甲子篇

澄懐

澄懐默稿數離憂
耳順那甘章句囚
天外孤蓬常擧踵
欄中老驥尚昂頭
胸間薄膜存餘悸
腦底殘筋耐激流
潑墨江湖呵凍筆
展箋編錄百春秋

李可染先生贈余「澄懐観道」四字。

澄懐《ちょうかい》

懐《おも》いを澄《きよ》めて黙稿《もっこう》すれば数《しばしば》憂《ゆう》に離《かか》る
耳順《じじゅん》那《なん》ぞ章句《しょうく》の囚《しゅう》に甘《あま》んぜん
天外《てんがい》の孤蓬《こほう》常《つね》に踵《かかと》を挙《あ》げ
欄中《らんちゅう》の老驥《ろうき》尚《な》お頭を昂《あ》ぐ
胸間《きょうかん》の薄膜《はくまく》は余悸《よき》を存《そん》し
脳底《のうてい》の残筋《ざんきん》は激流に耐《た》う
墨《すみ》を江湖《こうこ》に潑《そそ》ぎ凍筆《とうひつ》を呵《か》し
箋《せん》を展《の》べて編録《へんろく》せん百《ひゃく》の春秋《しゅんじゅう》

李可染《りかせん》先生余《よ》に「澄懐観道《ちょうかいかんどう》」四字を贈《おく》る。

◉澄懐　六朝の画人宗炳《そうへい》（三七五—四四三）は年老いて名山に遊ぶことができなくなったとき、「唯当澄懐観道臥以遊之」（唯だ当《まさ》に懐《おもい》を澄まして道を観《み》、臥《が》して以て之に遊ぶべし）と言ったと伝えられている。（『宋書』宋炳伝）

◉黙稿　胸中で草稿を練ること。

◉離憂　離は罹に同じ。『楚辞』に「思公子兮徒離憂」の句あり。

◉耳順　六十をいう。『論語』為政篇。「三十而立、四十而不惑、五十而知天命、六十而耳

順、七十而従心所欲不踰矩」耳順《みみした》がう。ひとの言葉がすなおに耳にはいる。

◉挙踵 かかとをあげる。待ち望むこと。「延頸挙踵」(『荘子』)。

◉呵凍筆 凍った筆に息を吹きかける。寒中に詩文を草することから、詩文に力をそそぐことをいう。

画人李可染《りかせん》先生が来日したとき、「澄懐観道」の四字を揮毫してくださった。こころをきよめてすべてを観よ。文章も書画もおなじである。こころをきよめて稿を練ると、しばしばこれでよいのか、という気もちになる。六十になったが、文章の字句の囚人にだけはなりたくない。遠くまで飛ばされた一本の根なし草になっても、地にかかとがふれるかぎり、高く伸びあがって、希望を失うまい、柵のなかの老いたる名馬も、曹操の詩に「老驥は櫪《うまや》に伏すも志は千里に在り」というように、昂然としているものだ。わが胸の薄い膜にまだ残《のこ》んのときめきがあり、わが脳がまだはげしい流れに耐えうるうちに、さあ、この人の世の舞台に墨をふりかけ、凍った筆に息を吹きかけ、原稿用紙をひろげ、ここ百年のことどもをかきとめよう。

杖郷年

蹉跎今抵杖郷年
吟罷襄陽梁父篇
風烈迅雷凡骨變
林中一樹殼中蟬

擬撰諸葛亮故事。

杖郷《じょうきょう》の年《とし》

蹉跎《さた》として今《いま》杖郷《じょうきょう》の年に抵《いた》る
吟《ぎん》じ罷《や》めんかな襄陽《じょうよう》梁父《りょうほ》の篇《へん》
風烈迅雷《ふうれつじんらい》には凡骨《ぼんこつ》も変《へん》ず
林中《りんちゅう》の一樹《いちじゅ》　殼中《こくちゅう》の蟬《せみ》

諸葛亮《しょかつりょう》の故事を撰《せん》せんと擬《ぎ》す。

◉杖郷年　六十のこと。『礼記』王制篇によれば、周代では、五十になれば家で、六十は郷《むら》で、七十は国で、八十は朝廷で杖をついたという。

◉梁父篇　梁父吟のこと。梁甫ともいう。春秋の斉の民謡。諸葛孔明の愛唱歌といわれている。

ちぐはぐだらけでもやっと六十。諸葛孔明は二十七まで襄陽で梁父吟を唱ってばかりいたそうな。わたしはその倍以上の年になるから他人の歌はもうやめた。君子は迅雷風烈に必ず変ず（『論語』郷党篇）というが、凡人だって天地の異変には居ずまいを正し、身をひきしめ息をひそめるね。殻のなかでじっとしている蟬も、やがてへばりついていた樹からはなれると、思いきって自分の歌を鳴くものだ。

畲族福湖村

岱江滔滔響雷鳴
雲海蒼烟路幾程
對對山歌無數夢
福湖村裏過清明

福州市郊外福湖村、畲族居住区。岱江抱村流。村中僅有雷藍二姓。畲族山歌類日本歌垣云。甲子清明中午、雷鳴殷殷。

畲族福湖村《しょぞくふくこそん》

岱江滔滔《たいこうとうとう》として雷鳴《らいめい》も響《ひび》く
雲海《うんかい》　蒼烟《そうえん》　路《みち》は幾程《いくてい》ぞ
対々《ついつい》の山歌《さんか》に無数《むすう》の夢《ゆめ》
福湖村裏《ふくこそんり》に清明《せいめい》を過《す》ぐ

福州市郊外の福湖村は、畲《しょ》族の居住区なり。岱江、村を抱《いだ》きて流る。村中僅かに雷《らい》・藍《らん》二姓有るのみ。畲族の山歌は日本の歌垣《うたがき》に類すると云う。甲子《こうし》清明《せいめい》の中午《ちゅうご》、雷鳴殷々《らいめいいんいん》たり。

◉**畲族**　中国の少数民族の一つ。浙江、福建、広東などの諸省に散在するという。刀耕火種（焼き畑農業）をおこなう。

畲族の福湖村は、集落の前に岱江という河が滔々と流れている。福州市から約百キロ。前日に上海から福州に飛んできたばかりで、山間のドライヴ三時間半をくわえると、雲海蒼烟をはるばるやってきたかんじがする。おひるを村でご馳走になったとき、はげしい雷鳴があり、岱江の流れと呼応しているかのようだった。若い男女が「山歌」といって、オクターブの高い歌で呼び合い、意中の相手と意を通じて結ばれるという。ちょうど清明の日、浮世はなれた福湖村でひとときをすごし、心なごむことであった。

泉州開元寺

桐城古刹雨霏霏
双塔模糊春望微
最是清明三日後
時聴南曲思依依

五代留氏重加版築、傍植刺桐環繞。故泉州別名刺桐城。馬可波羅見聞録所載Zayton是乎。泉州開元寺現存東西大塔。均宋代所造。

泉州開元寺《せんしゅうかいげんじ》

桐城《とうじょう》の古刹《こさつ》　雨霏々《あめひひ》
双塔模糊《そうとうもこ》として春望微《しゅんぼうかす》かなり
最《もっと》も是《こ》れ清明三日《せいめいさんじつ》の後《のち》
時《とき》に南曲《なんきょく》を聴《き》き思《おも》い依依《いい》たり

五代の留《りゅう》氏重《かさ》ねて版築《はんちく》を加え、傍《かたわら》に刺《し》桐《とう》を植えて環繞《かんじょう》せしむ。故に泉州は別に刺《し》桐城《とうじょう》と名《なづ》く。馬可波羅《マルコ・ポーロ》見聞録に載《の》する所のZaytonは是《これ》乎《か》。泉州開元寺は現に東西大塔を存《そん》す。均《ひと》しく宋代に造《つく》る所なり。

◉南曲

戯曲と音曲の二つの意味がある。戯曲は元曲を北曲として、元末明初、浙江温州でつくられた戯曲（高明の「琵琶記」など）を南曲とする。音曲は泉州でうまれた律呂低く、ゆったりしたものを南曲といい、南管とも呼ばれる。北管が花柳界や舞台でにぎやかに奏されるのにたいして、南管は優雅な文人の音楽であり、演劇には用いない。清の康熙帝はこれを好み、「御前清曲」の額を下賜した。

こまかい雨のふりけぶる泉州開元寺を訪れた。宋代建造の東西両塔も雨にぼんやりとかすみ、春景色もまだかすかである。泉州は刺桐城とも呼ばれ、かつてはマルコ・ポーロが世界最大の貿易港とたたえた。河が浅くなったため、貿易港の地位を厦門《アモイ》に譲ったが、多年つちかった風雅の伝統はいまも残っているようだ。四年前訪れたときは、弘一法師（李叔同。一八八〇―一九四二。上野の美校に学び、帰国後、出家し、泉州に没す）の金石作品（篆刻）展がおこなわれていたし、このたびは南曲を聴いた。三絃あり、二絃あり、月琴、胡弓、銅鑼、そして笛。しずかに、だが毅然として鳴る柏板《はくはん》。たおやかに、だがはげしいものを訴えるかのような、抑えた音の流れ。そのしらべが、つぎの日も耳からはなれない。おもいは、はてしなく、雨のかなたに消えかけては、またつながってゆく。清明の三日後のことだった。

喜張和平君還郷

世務牽纏身不輕
十年償夢徳窯城
雷峰雨急樟溪亂
難撫張郎懷舊情

甲子四月、余与諸友遊履福建。中日友好協会理事張和平君為領路到徳化県。張君徳化人。聞離郷已閲十多年。徳化自古以瓷窯馳名。

張和平君《ちょうわへいくん》の郷《きょう》に還《かえ》るを喜《よろこ》ぶ

世務《せいむ》　牽纏《けんてん》して身軽《みかる》からず
十年《じゅうねん》　夢《ゆめ》を償《つぐな》う徳窯城《とくようじょう》
雷峰雨急《らいほうあめきゅう》にして樟渓《しょうけい》乱《みだ》る
撫《ぶ》し難《がた》し張郎《ちょうろう》の懐旧《かいきゅう》の情《じょう》

甲子四月、余諸友と福建を遊履《ゆうり》す。中日友好協会理事張和平君為《ため》に路を領《りょう》して徳化県に到る。張君は徳化の人なり。郷《きょう》を離れて已《すで》に十多年を閲《けみ》すと聞く。徳化は古《いにしえ》より瓷《じ》窯《よう》を以て名を馳《は》す。

張和平君は草深いこの福建徳化県から、北京大学に学び、いま公務多忙の日を送っている。徳化には十数年前に帰ったきりだという。このたび、私たちを案内して、白磁窯で有名な故郷に帰る。張君の田舎は、雷峰という山の、さらに彼方の長基という村であるという。そこはあまりにも遠く、せっかくここまで来たのに、行くことはできない。はげしい雨が降り、大樟渓という河のおもては、まるで張君の心をかきまわすように、乱れている。われわれは彼の懐旧の情をなぐさめるてだてを知らない。

南無觀世音菩薩 一

一百餘篇豎子文
新箋欲擲垂天雲
南無觀世音菩薩
佑我才調聊出群

甲子四月在福建徳化県購得一尊千手観音像。徳化窯以白磁観音聞名。

南無観世音菩薩《なむかんぜおんぼさつ》 一

一百余篇《いっぴゃくよへん》は豎子《じゅし》の文《ぶん》
新箋《しんせん》は擲《な》げんと欲《ほっ》す垂天《すいてん》の雲《くも》に
南無観世音菩薩《なむかんぜおんぼさつ》
我《われ》を佑《たす》けて才調《さいちょう》 聊《いささ》か群《ぐん》を出《い》でしめよ

甲子四月福建徳化県に在《あ》って一尊《いっそん》の千手観《せんじゅかん》音像《のんぞう》を購《あがな》い得《え》たり。徳化窯《よう》は白磁観音《はくじかんのん》を以《もっ》て名聞《なきこ》ゆ。

◉垂天雲 『荘子』逍遙遊に、「鳥有り、其の名を鵬《ほう》と為す、背は泰山の如く、翼は垂天の雲の如し」の句あり。

かぞえてみると、百数十冊の本を出したがまだ小僧っ子のような文章ではなかったか。これからの作品は、気宇壮大に、空いっぱいひろがる雲めがけて、力いっぱい投げてみたい。南無観世音菩薩。わたしの才能や知恵の水準が、群からいささか抜きん出るように、おたすけください。

南無観世音菩薩 二

天鼓自然傳妙聲
詩文拙樸誤鳴箏
南無觀世音菩薩
佑我飜經穿寸情

南無観世音菩薩《なむかんぜおんぼさつ》 二

天鼓《てんく》は自然《じねん》にして妙声《みょうしょう》を伝《つた》う
詩文《しぶん》は拙樸《せつぼく》にして鳴箏《めいしょう》を誤《あやま》る
南無観世音菩薩《なむかんぜおんぼさつ》
我《われ》を佑《たす》けて経《きょう》を翻《ひるがえ》し寸情《すんじょう》を穿《うが》たしめよ

◉天鼓　忉利《とうり》天善法堂にある鼓。打たなくても、おのずから妙音を発す。天鼓自然鳴。(『法華経』序品)。

天の鼓はおのずから妙なる音を伝えるという。それにくらべて、人間のつくる詩文は、拙く未熟で、ときに鳴箏を誤らせてしまうこともある。南無観世音菩薩。お経をひもとくとき、どうかわたしの心をそのなかに穿《うが》ちいれてください。

兵馬俑歌

驪陵點點石榴多
滿眼關中麥穂波
天下六雄雖覆滅
泥中萬卒備荊軻
始皇傲語傳無極
二世驕痴忘枕戈
莫怪陳呉飜叛幟
無兵地上奈秦何

甲子四月看驪陵兵馬俑坑。

兵馬俑歌《へいばようか》

驪陵《りりょう》　点々《てんてん》として石榴《せきりゅう》多《おお》し
満眼《まんがん》　関中《かんちゅう》　麦穂《ばくすい》の波《なみ》
天下《てんか》の六雄《りくゆう》　覆滅《ふくめつ》すと雖《いえど》も
泥中《でいちゅう》の万卒《ばんそつ》　荊軻《けいか》に備《そな》う
始皇《しこう》　無極《むきょく》に伝《つた》えんと傲語《ごうご》せしも
二世《にせい》　驕痴《きょうち》にして戈《か》を枕《まくら》にするを忘《わす》る
怪《あや》しむ莫《な》し陳呉叛幟《ちんごはんし》を翻《ひるが》えすや
兵《へい》は地上《ちじょう》に無《な》く秦《しん》を奈何《いかん》せん

甲子四月驪陵《りりょう》兵馬俑坑《へいばようこう》を看《み》る。

◉驪陵　驪山にある始皇帝の陵。一九七四年、陵園外墻の東で兵馬俑坑が発見された。
◉荊軻　燕の太子丹が秦に送りこんだ刺客。暗殺は失敗した。
◉枕戈　戈《ほこ》を枕にして警戒を怠らないこと。『晋書』劉琨《りゅうこん》伝に、「吾《われ》、戈を枕にして旦《あした》を待《ま》つ」とあることからきた。

驪山の陵は方形の墳丘をもち、その高さは七十六メートルであるという。墳丘部分には点々と石榴が植わっている。見わたすかぎり、関中平野は麦穂の波であった。秦の始皇帝は六つの大国を、つぎつぎと攻めほろぼしたが、それでも安心できなかったようだ。おびただしい兵馬俑をつくり、かつての刺客荊軻のように秦をうかがう敵に備えている。兵馬俑は一部しか発掘されていないが、おそらく七千体ほどあるといわれ、それはすべて東面しているのだ。始皇帝は天下を統一して、皇位をつぎつぎと伝え、無窮にいたらんと傲語したが、彼が死ぬと帝国はあっけなく崩壊した。二世皇帝が暗愚で、備えを怠ったのである。陳勝・呉広が叛旗をひるがえすと、人びとは反乱軍のほうについた。全体主義の強権政治のとうぜんの末路であろう。地中に兵馬の大群がいたのに、地上には頼るべき兵はいなかった。これでは秦はどうしようもなかったのだ。

魚文頌

黄河風雨六千年
億兆黎民慧叡傳
久埋地中逢霹靂
鱗聲初響半坡淵

於一九五三年、在西安市近郊半坡村、発見新石器時代（仰韶期）遺跡。所出土彩陶有魚文者占多。

魚文《ぎょもん》の頌《しょう》

黄河《こうが》の風雨《ふうう》六千年《ろくせんねん》
億兆黎民《おくちょうれいみん》　慧叡《けいえい》を伝《つた》う
久《ひさ》しく地中《ちちゅう》に埋《うず》もれ霹靂《へきれき》に逢《あ》い
鱗声《りんせい》　初《はじ》めて響《ひび》く半坡《はんぱ》の淵《ふち》

一九五三年、西安市近郊の半坡《はんぱ》村に在《あ》って、新石器時代（仰韶《ヤンシャオ》期）の遺跡が発見されたり。出土《しゅつど》する所の彩陶《さいとう》は魚文《ぎょもん》有る者多くを占む。

黄河のほとりの半坡遺跡は、約六千年前のものといわれている。半坡の人たちはみごとな彩陶をつくったが、それは歴代の多くの人たちの英知が積み重ねられ、伝えられた成果にほかならない。長いあいだ地中に埋もれていたが、発電所をつくるという二十世紀人の営みによって、まるで雷にうたれたように、とび出してきた。彩陶の模様は魚が多いけれども、鱗がはねる音がきこえてきそうである。

履影

履影依然酔
無添尺寸功
臨池仍縮慄
華甲孺孩同

影《かげ》を履《ふ》む

影《かげ》を履《ふ》み依然《いぜん》として酔《よ》い
尺寸《せきすん》の功《こう》も添《ま》す無《な》し
池《ち》に臨《のぞ》んで仍《な》お縮慄《しゅくりつ》し
華甲《かこう》　孺孩《じゅがい》に同《おな》じ

◉臨池　字をかくこと。王羲之の「人に与うる書」に、「(後漢の)張芝、池に臨みて書を学ぶに、池水尽く黒し」とある。

◉華甲　還暦のこと。華は六つの十と一から成っていることから、かぞえ六十一の還暦にあてた。

師の影を履《ふ》まずというが、わたしはいつも先人の影を履み、それも酔っぱらって千鳥足。これまで我が力で、ちっとも業績をあげていない。さて筆をにぎって字をかく段になると、いまでもおそれのため、縮まるおもいがする。これで還暦というのだが、まるで子供とおなじではないか。

北野町

白堊紅磚壁
藤垂不動祠
星星清夜坂
楚楚杏花枝

白堊、そして赤煉瓦の壁。不動明王の祠のあたり、藤が垂れている。ぽつぽつと灯《あかり》もまばらな夜の坂道。杏の枝がのびているが、楚々としてきよらかなすがた。

北野町《きたのちょう》

白堊《はくあ》　紅磚《こうせん》の壁《かべ》
藤《ふじ》は垂《た》る不動《ふどう》の祠《ほこら》
星星《せいせい》たり清夜《せいや》の坂《さか》
楚楚《そそ》たり杏花《きょうか》の枝《えだ》

敦煌文物

千年封壁莫高窟
不惜蹄銀購巻多
今日巴黎書庫裏
驚逢前代伯希和

甲子六月在巴黎国民文書館（Bibliothèque Nationale）得見伯希和所購之敦煌文書六件。伯希和於一九〇八年、以数塊馬蹄銀捜購敦煌文物六千多件、回国後、寄存国民文書館。保存状況還算可。

敦煌文物《とんこうぶんぶつ》

千年《せんねん》　壁《かべ》に封《ふう》ず莫高窟《ばっこうか》
蹄銀《ていぎん》を惜《お》しまず巻《かん》を購《あがな》うこと多《おお》し
今日《こんにち》巴黎《パリ》の書庫《しょこ》の裏《うち》に
驚《おどろ》きて逢《あ》う前代《ぜんだい》の伯希和《ペリオ》

甲子六月巴黎《パリ》国民文書館に在《あ》って伯希和《ペリオ》の購《あがな》う所の敦煌文書六件を見るを得たり。伯希和は一九〇八年、数塊《すうかい》の馬蹄銀《ばていぎん》を以て敦煌文物六千多件を捜購《そうこう》し、回国後《かいこくご》、国民文書館に寄存《きそん》せり。保存状況《ほぞんじょうきょう》は還《ま》た可《か》と算《さん》す。

◉**千年封壁**　敦煌石窟第十七号が、いつ壁に封じこめられたか不明だが、内部から出た文書に十一世紀以後のものはないので、ほぼ千年密封されたと推測される。

◉**莫高窟**　鳴沙山の東崖に石窟がつくられた場所は莫高と呼ばれている。

◉**伯希和**　ポール・ペリオ（Paul Pelliot 一八七八―一九四五）フランスの東洋学者。スタインにつづいて、敦煌の文物をヨーロッパにもたらした。

重要な文書を閲覧するときは、かなり面倒な手続が必要である。ベネチアの文書館でマルコ・ポーロの遺言状をみたときも、北京図書館の地下で四庫全書をみたときも、カメラその他の携帯物は預けなければならなかった。パリの国民文書館で敦煌文書をみたときは、ポラロイドで顔写真までとられた。貴重な manuscript に万一のことでもあれば、徹底的に追及するのであろう。ペリオは敦煌文物を保管していた道士の王円籙《おうえんろく》から、馬蹄銀数枚で六千点の文物を購ったという。清朝がほろびる三年前のことで、王道士は役所に発見を報告したのに、お上はなにもしなかった。文物を売りとばした王道士ばかりを責めるのは不公平であろう。館員がわたしに貸してくれた目録は、中国の商務印書館が一九六一年に出した『敦煌遺書総目索引』のなかの伯希和劫経録（ペリオが強奪したお経のリスト）であったのはおかしかった。わたしは「秦婦吟」「李陵蘇武往還書」など六点を借りた。内容を読むというより、千年のあいだ壁にとじこめられていた文書を、この手にとってみたかっただけである。それは褐色の紙にまきこまれた紙片であった。一枚ずつていねいに保存されていた。貴重文書閲覧室の館員は、ハンサムだが目つきが鋭い。はじめはあまりいいかんじではなかったが、わたしが巻いた紙に難渋していると、端をおさえて助けてくれた。見直したところ、なかなかやさしい。それよりも写真でみたペリオに、よく似ているような気がしてならなかった。

米列舊居

巴黎郊外畫人家
拾穗晩鐘風景嘉
豈料野餐塵砂起
沿途沸溢觀光車

巴黎郊外巴比荘(Barbizon)　有米列(Millet) 旧画室。観光客多。

米列旧居《ミレーきゅうきょ》

巴黎郊外《パリこうがい》　画人《がじん》の家《いえ》
拾穂《しゅうすい》　晩鐘《ばんしょう》　風景《ふうけい》嘉《よ》し
豈《あ》に料《はか》らんや野餐《やさん》するに塵砂《じんさ》起《お》こる
沿途《えんと》　沸溢《ふついつ》す観光《かんこう》の車《くるま》

巴黎郊外の巴比荘《バルビゾン》に米列《ミレー》の旧画室有り。観光客多し。

ミレーのアトリエのあったバルビゾンは、パリからほどよい遠さにあって、観光には手ごろである。それだけに観光客も多く、したがって車も多い。落穂拾いや晩鐘で親しまれているフランスの田園風景は、やはりすばらしいものだが、車のまきおこす砂煙で、野外の食事が台なしになってしまうのが惜しまれる。

威尼斯

停棹船夫叫
獅城四百橋
有人空倚檻
波面爲誰搖

威尼斯《ベネチア》

棹《さお》を停《とど》めて船夫《せんぷ》は叫《よ》ぶ
獅城《しじょう》　四百《しひゃく》の橋《はし》
人《ひと》有《あ》りて空《むな》しく檻《おばしま》に倚《よ》る
波面《はめん》　誰《た》が為《ため》に揺《ゆれ》る

ゴンドラの船夫が、なにか大声で呼んでいる。ライオンのまちこのベネチアには、四百の橋があるというが、橋の欄檻にもたれて、じっと水のおもてをみつめている人がいた。船夫の声もきこえないかのようである。揺れる水とことばをかわしてでもいるのだろうか。

大英博物館

邊陲夜宿爛星辰
冒險調査常苦辛
石窟飛天消彩色
流沙菩薩老風塵
仰瞻求法唐玄奘
俯閲探奇斯坦因
博物館藏西域寶
秘文名画万邦賓

大英博物館《だいえいはくぶつかん》

辺陲《へんすい》　夜宿《やしゅく》すれば星辰爛《せいしんらん》たるも
冒険《ぼうけん》　調査《ちょうさ》は常《つね》に苦辛《くしん》す
石窟《せっくつ》の飛天《ひてん》は彩色《さいしょく》を消《け》し
流沙《りゅうさ》の菩薩《ぼさつ》は風塵《ふうじん》に老《お》ゆ
仰《あお》ぎ瞻《み》る求法《ぐほう》の唐玄奘《とうげんじょう》
俯《ふ》して閲《み》る探奇《たんき》の斯坦因《スタイン》
博物館蔵《はくぶつかんぞう》す西域《さいいき》の宝《たから》
秘文名画《ひぶんめいが》は万邦《ばんぽう》の賓《ひん》なり

甲子六月在大英博物館看斯坦因所蒐集之西域文物。

甲子六月大英博物館に在《あ》って斯坦因《スタイン》の蒐《しゅう》集《しゅう》する所の西域文物《さいいきぶんぶつ》を看《み》る。

◉辺陲　辺境のこと。陲は地の果てを意味する。

◉飛天　空を飛びながら仏の世界を守るといわれる天人。おもに女性のすがたをとり、インドのアジャンターをはじめ石窟壁画、彫刻のモチーフとなった。

◉斯坦因　アウレル・スタイン（Aurel Stein 一八六二―一九四三）ハンガリーに生まれ、イギリスに帰化した東洋学者。

大英博物館でウィットフィールド教授に案内され、スタイン・コレクションをみた。スタインが敦煌やホータン近辺で集めた文化財のうち、古文書は図書館に、そして絵画関係はここにおさめられている。敦煌出土の日曜菩薩画幡はまさに絶品であり、木版「金剛般若経」扉絵は咸通九年（八六八）の紀年があり、世界最古の木版画である。蚕種西漸説話やペルシャ菩薩と呼ばれる板絵は、なんども図版でみてなじみのものだったが、実物に接すると、さすがに心に迫ってくる力があった。剝がされた壁画はいたいたしいが、スタインがベゼクリクで剝がしたものは、ニューデリーの博物館におさめられて、ここにはない。ホータン近辺出土のものは、もしスタインが掘らねば、その後つづいた戦乱を考えると、あるいはまだ地中に埋もれたままだったかもしれない。彼がみつけ出した板絵は、泥にまみれていたし、石窟のあえかな飛天も、そのあざやかな色を消していたのだ。砂漠の各地の仏教遺跡の菩薩も、風塵にさらされてくたびれはてていた。辺境で野営すれば、星空はさぞみごとであったろう。だが、冒険や調査には苦労はつきものであった。わたしたちは求法のためにこの道を行った唐の玄奘《げんじょう》を仰ぎみるが、同時に、学問的好奇心に燃えてさまざまな文化財を集めたスタインの業績も、この目でしかとみておかねばならない。スタイン・コレクションはロンドンの大英博物館に、賓客のように扱われて収蔵されている。本来、すぐれた文化財は、どこへ行こうが、万国のまろうどなのだ。

老虎

老虎炎威石欲頽
稗官無處退休回
今晨海面微秋色
卜得愁眉次第開

甲子三伏熱熾如烘。

老虎《ろうこ》

老虎《ろうこ》の炎威《えんい》　石《いし》も頽《くず》れんと欲す
稗官《はいかん》　処《ところ》として退休《たいきゅう》して回《かえ》る無《な》し
今晨《こんしん》　海面《かいめん》　微《わず》かに秋色《しゅうしょく》
卜《ぼく》し得《え》たり愁眉《しゅうび》次第《しだい》に開《ひら》くと

甲子の三伏熱熾《さんぷくねっさか》んなること烘《あぶ》るが如し。

◉老虎　夏至《げし》後の第三庚、第四庚、立秋後の初庚を三伏といい、最も暑いとされている。その炎熱を人びとは老虎にたとえた。

◉稗官　小説家のこと。

ことしはとにかく暑い。老虎にたとえられる三伏の炎威ときたら、石もくずれてしまいそうなほどだ。かなしいかな、小説家は休みをとって帰る場所さえない。ひたすら暑さが過ぎて行くのを待つばかりだ。けさ窓から海のほうをみていると、海面にようやくかすかな秋の気配がみとめられた。それによって、愁眉が順を追って開かれると予想できる——あとひと息の辛抱だ。

再游敦煌

沙山抱擁月牙泉
戈壁障圍疎勒川
相問九年千佛路
莫高還遇舊飛天

乙卯八月、余曾游敦煌参観莫高窟。隔九年甲子八月再訪同地。外観変化驚人。但石室壁画菩薩飛天依然不渝。

再《ふた》び敦煌《とんこう》に游《あそ》ぶ

沙山《さざん》は月牙泉《げつがせん》を抱擁《ほうよう》し
戈壁《ゴビ》は疎勒川《そろくがわ》を障囲《しょうい》す
相問《あいと》う九年千仏《きゅうねんせんぶつ》の路《みち》
莫高《ばっこう》に還《ま》た遇《あ》う旧飛天《きゅうひてん》

乙卯《いつぼう》八月、余《よ》曾《かつ》て敦煌に游び莫高窟を参観せり。九年を隔《へだ》てて甲子八月再び同地を訪ねたり。外観の変化人を驚かす。但し石室《せきしつ》壁画《へきが》の菩薩《ぼさつ》・飛天《ひてん》は依然として渝《かわ》らず。

◉月牙泉　鳴沙山麓の三日月形の泉。四面砂に囲まれていながら、かつて埋没したことがない。『史記』に神馬を得たという渥洼《あくあい》水は、この泉のことであると伝えられている。

◉疎勒川　祁連山から発し、鳴沙山の前を流れる川。

◉戈壁　ゴビ。粒子のこまかい砂丘状の場所を沙漠、礫石状のそれをゴビと呼び分ける。

鳴沙山が月牙泉を抱きかかえ、ゴビが疎勒川を通せん坊しているのは同じだが、九年のあいだに千仏洞のある敦煌はすっかり変わり、たずねたずねて、なつかしい莫高窟の飛天たちと再会したことだった。

飛　天

重見西方淨土圖
飛天翔舞盡歡娛
胡絃幾許難彈譜
不爲羅裙氷雪膚

不見飛天夢想長、今随諸友到敦煌、九年
依旧鳴沙路、甲子新秋北斗光。

飛天《ひてん》

重《かさ》ねて見《み》る西方浄土《さいほうじょうど》の図《ず》
飛天《ひてん》は翔舞《しょうぶ》して尽《ことごと》く歓娯《かんご》す
胡絃《こげん》　幾許《いくばく》か弾《だん》じ難《がた》き譜《ふ》
羅裙《らくん》　氷雪《ひょうせつ》の膚《はだ》の為《ため》ならじ

飛天《ひてん》を見《み》ざれど夢想《むそう》するは長《なが》かりき、今諸《いましょ》
友《ゆう》に随《したが》いて敦煌に到る、九年旧《きゅう》に依《よ》る鳴《めい》
沙《さ》の路《みち》、甲子新秋《こうししんしゅう》に北斗《ほくと》は光《ひか》れり。

◉胡絃　琵琶はイラン系の四絃のものがまず中国に伝わり、インド系の五絃は遅れて伝わり、やがて用いられなくなった。唐代の五絃琵琶は中国には現存せず、正倉院の一本が世界唯一のものである。だが、敦煌の壁画には四絃も五絃もえがかれている。

◉羅裙　うす絹のスカート。

再び敦煌壁画の西方浄土図をみた。敦煌壁画は唐以前は本生譚《ジャータカ》が多く、唐以後は浄土図が多い。おもなモチーフである飛天は、そら翔けて舞い、みなたのしそうである。壁画の琵琶は、どことなくぎごちない。曲頸であるべき四絃琵琶が直頸になっていたり、細めのはずの五絃のものが胴太にえがかれていたりする。みやこを遠くはなれた敦煌の画工たちは、ほんもののオーケストラに接する機会がすくなかったのかもしれない。なにやら弾《ひ》きにくそうにしているのがみえるが、うす絹のスカートや氷雪のような白い膚の飛天に、うっとりと見とれたせいではあるまい。

算命曲

重陽節後第三天
作客長崎翰墨筵
老妓把琴弾算命
流年四百詞幾篇

甲子重陽後三天、游長崎為海音寺潮五郎記念会講演。是晩老妓弾算命曲。算命乃是明代歌謡。四百年前、伝来長崎。至今尚有人能弾之。

算命曲《さんめいきょく》

重陽節後《ちょうようせつご》　第三天《だいさんてん》
客《かく》と作《な》る長崎翰墨《ながさきかんぼく》の筵《えん》
老妓琴《ろうぎこと》を把《と》りて算命《さんめい》を弾《だん》ず
流年四百《りゅうねんしひゃく》　詞《し》は幾篇《いくへん》ぞ

甲子重陽後三天、長崎に游び海音寺潮五郎記念会の為《ため》に講演す。是《そ》の晩《ばん》老妓算命曲《さんめいきょく》を弾《だん》ず。算命は乃《すなわ》ち是《こ》れ明代《みんだい》の歌謡《かよう》なり。四百年前、長崎に伝来す。今に至《いた》るも尚《な》お人有《あ》りて能《よ》く之《これ》を弾《だん》ず。

◉**重陽**　九月九日のこと。小高いところに登って遠くはなれた親しい人たちを懐《おも》うならわしがある。また菊酒をのむ風雅な行事もある。
◉**翰墨筵**　文人たちのつどう宴席。
◉**流年**　過ぎ去った歳月。蘇軾《そしょく》に「国を去るを悲しまず流年を悲しむ」の句あり。

重陽三日後、わたしは長崎で文人たちの宴席につらなった。老妓が月琴をとって、中国渡来

の算命曲を弾いた。この曲が日本に渡って四百年経った。算命とは運命をうらなうのが原義だが、四百年のあいだにあまたの運命があり、このしらべに合わせて、どれほどのロマンスがうまれたことであろうか。

冬至

莫向塵氛老
委身聯袂縁
門無通俗客
嚢有賣文錢
黄道垂三百
青雲丈五千
同心看見処
六甲破寒煙

冬至《とうじ》

塵氛《じんふん》に向《お》いて老《お》ゆる莫《な》く
身《み》を委《まか》せん聯袂《れんべい》の縁《えん》
門《もん》に通俗《つうぞく》の客《かく》無《な》く
嚢《のう》に売文《ばいぶん》の銭《ぜに》有《あ》り
黄道《おうどう》　三百《さんびゃく》に垂《なんなん》とし
青雲《せいうん》　丈《たけ》は五千《ごせん》
心《こころ》を同《おな》じうして看見《かんけん》する処《ところ》
六甲《ろっこう》　破寒《はかん》の煙《けむり》

冬至黄道二百七十度。

冬至《とうじ》は黄道《おうどう》二百七十度なり。

◉塵氛　俗世の雰囲気。氛はたちこめる靄、おもに悪い気配に用いる。
◉聯袂　たもとをつらねる。仲の好いこと。
◉青雲　金の元好問《げんこうもん》の詩に、「青雲玉立《ぎょくりつ》すること三千丈」の句がある。

俗っぽい空気のなかで、あくせくとして、老いて行くのはごめんだ。気の合った人たちと、たのしくつき合う縁に、身をまかせようではないか。門には俗世と深くかかわっているような人は来ないし、ポケットには文章を売った銭がいささかはいっている。冬至は黄道二百七十度というが、地球はきまった軌道をまわり、見あげる空には五千丈といわれる青雲がそそり立つ。おなじ心でみつめたならば、六甲のこの寒さのなかにも、いくばくかのあたたかさを含んで、たちのぼる煙がみえるはずだ。

澄懐集

乙丑篇

迎春

情多材薄乏奇功
結夢寄生不作叢
怕看山間新暦日
嗟嘆呉下舊阿蒙
徒繙雜籍三千巻
寧舐春酸一點紅
褒貶等閑風雪度
随縁六甲護花翁

六甲山房庭有臘梅。

迎春《げいしゅん》

情《じょう》多《おお》きも材薄《ざいうす》く奇功《きこう》に乏《とぼ》し
夢《ゆめ》を結《むす》び生《せい》を寄《よ》せて叢《そう》を作《つく》らず
看《み》るを怕《おそ》る山間《さんかん》の新暦日《しんれきじつ》
嗟嘆《さたん》す呉下《ごか》の旧阿蒙《きゅうあもう》
徒《いたず》らに繙《ひもと》く雑籍三千巻《ざっせきさんぜんかん》
寧《むし》ろ舐《な》めん春酸一点《しゅんさんいってん》の紅《くれない》
褒貶《ほうへん》　等閑《とうかん》して風雪度《ふうせつわた》り
縁《えん》に随《したが》わん六甲護花《ろっこうごか》の翁《おきな》

六甲山房庭《ろっこうさんぼうにわ》に臘梅《ろうばい》有り。

◉新暦日　蘇軾《そしょく》の詩に、「老《お》い去れば新暦日を看るを怕《おそ》れ」の句がある。

◉旧阿蒙　いつまでたっても進歩しない人のこと。呉の呂蒙はもと学問をしなかったが、孫権にすすめられて勉強し、「復《ま》た呉下の阿蒙に非ず」と、友人の魯粛を感歎させた。『三国志』裴注《はいちゅう》にみえる。

◉等閑　なおざりにする。無視する。

◉風雪　長いあいだの苦労のこと。

◉護花

清の龔自珍《きょうじちん》の『己亥雑詩《きがいざっし》』に「落紅は是れ無情の物にあらず　化して春泥《しゅんでい》と作《な》り更《さら》に花を護《まも》る」の句がある。

たしかに情熱過多であったようだが、たいした才能もなく、これまでめざましい仕事もしていない。夢見がちで、他人に頼ることが多く、大きな業績を積みあげることもなかった。新年になって、この六甲山房で、新しいカレンダーをみるのをおそれるありさま。なさけないと嘆くのは、ちっとも進歩しない自分。雑多な書物をいたずらにたくさんひもといてきた。だがそうしたことは、一度の劇的な経験にも及ばないのではないだろうか。庭の臘梅をみつめておもうことだった。ともあれ毀誉褒貶は度外視して、長いあいだのつらいことものりこえてきたのである。こうしたことも縁であり、わたしはそれにさからわずに、ここで人生の花を護るじいさんとして生きて行きたい。

畫花郎

縁由僕本畫花郎
潤筆兼探甘露漿
前世折枝私賞味
謫遷神戸作文狂

花《はな》を画《えが》く郎《おとこ》

縁由《えんゆう》は僕本《ぼくもと》花《はな》を画《えが》く郎《おとこ》
潤筆《じゅんぴつ》するに兼《か》ねて甘露《かんろ》の漿《しょう》を探《さぐ》る
前世《ぜんせい》　枝《えだ》を折《お》りて私《ひそ》かに味《あじ》を賞《しょう》し
謫《たく》されて神戸《こうべ》に遷《うつ》り文狂《ぶんきょう》と作《な》る

近撰中国画人伝。

近《ちか》ごろ中国画人伝を撰《せん》す。

◉**縁由**　由来のこと。そもそものわけ。
◉**潤筆**　書画をかくこと。揮毫の謝礼をも意味する。
◉**謫遷**　降格左遷。流罪。
◉**文狂**　文ひとすじで他をかえりみない者。狂は志きわめて高く、ことを飾らない者のことで、『論語』にも、「狂者進取」と肯定的にとらえられている。

倪雲林《げいうんりん》の「漁荘秋霽図」をみているうちに顫えてきた。とてもこんな絵は私には描けない。惲南田《うんなんでん》の着色没骨《もっこつ》の花は、みていてたのしい。こんな絵なら描いてみたい――「芸術新潮」に中国画人伝を連載した二年ほどのあいだ、毎月、絵にひきこまれ、いろんなことを考えた。石濤の絵は、描けそうで描けないものであることもわかった。連載中だけではなく、一冊の本になって読み返したときも、そしてそのあとも、私はなぜ画家にならなかったのかと、ふとおもうことがあった。それほど私は魅せられている。そもそも私の前世は、うつくしい花を描く絵師だったにちがいない。はじめての絵なのに、それをみていると、心におぼえがある気がするのだから。いったい、どうしてこうなったのか。おそらく前世で、私は花を描くだけではなく、花が実を結んだその果実の甘い汁にまで手を出したのだろう。なんとなくそんなかんじである。枝を折った乱暴。ひとりでひそかに味わったいやしさ。それが美の神の怒りにふれたのだ。つぎにこの世に生まれたとき、私は絵を描くたのしみをとりあげられてしまい、神戸の地で、ひたすら文字ばかり書く仕事を割りあてられた。そうだ、私は「文狂」にされたのである。

賀婚

難忘雲外故園情
十五壽官添一名
家業鷄林司火術
傳封壺裡臥龍聲

乙丑四月、十四代沈寿官公子一輝君成婚。新婦名寿美子。苗代川沈家門内有臥竜梅。

婚《こん》を賀《が》す

忘《ぼう》じ難し雲外故園《うんがいこえん》の情《じょう》
十五《じゅうご》の寿官《じゅかん》　一名《いちめい》を添《ま》す
家業《かぎょう》は鶏林司火《けいりんしか》の術《じゅつ》
伝《つた》えて壺裡《こり》に臥竜《がりゅう》の声《こえ》を封《ふう》ぜよ

乙丑四月、十四代沈寿官《ちんじゅかん》の公子《こうし》一輝君婚《いっきくんこん》を成《な》す。新婦名《しんぷな》は寿美子《すみこ》。苗代川《なえしろがわ》沈家の門内に臥竜《がりゅう》の梅《うめ》有《あ》り。

朝鮮から薩摩に連れて来られた陶工沈寿官は、当主が十四代にあたる。代々薩摩苗代川に住み、すでに故国のことばも忘れているが、それでも「故郷忘じ難く候」と、雲の彼方に焦がれた家系である。当主の子息一輝君はやがて十五代沈寿官となるべき人だが、いま新婦を迎えられた。新婦の名にも寿の字があり、十五代寿官は「双寿」となるわけだ。家業は鶏林（朝鮮）の火を司《つかさ》どる術である。その家業を伝えて、すぐれていながらじっと臥《ふ》せている竜さながらの、奥ゆかしい趣きを壺のなかに封じこめてほしい。わたしたちはそんな陶芸を望んでいるのだから。

和范曾先生韻

胸中成竹墨旋磨
硯海絶無名利波
恰値扶桑春景淺
勸君双蝶醉双酡

画人范曾先生伉儷参加南開大学考察団訪問日本、託人贈余一幅「童翁桑麻絮語図」。有讃曰

歳在乙丑余扶桑成行与松田基諸公夜飲有詩誌欣。　千秋勝景亦多磨　夢裏親朋隔碧波　憂楽希文天下事　流霞一飲酔顔酡　舜臣先生何以和我。

范曾先生《はんぞうせんせい》の韻《いん》に和《わ》す

胸中《きょうちゅう》に成竹《せいちく》あり墨旋《すみつ》いで磨《ま》す
硯海絶《けんかいた》えて無《な》し名利《みょうり》の波《なみ》
恰《あた》かも扶桑春景浅《ふそうしゅんけいあさ》きに値《あた》る
君《きみ》に勧《すす》む双蝶《そうちょう》もて酔《よ》い双《なら》び酡《だ》せよ

画人范曾先生伉儷《こうれい》南開大学考察団に参加して日本を訪問し、人に託《たく》して余に一幅《いっぷく》の「童翁桑麻絮語図《どうおうそうまじょごず》」を贈《おく》る。讃有《さんあ》りて曰《い》う

歳《とし》は乙丑《いっちゅう》に在《あ》り余扶桑《ふそう》の行成《こうな》り松田基諸公と夜飲《やいん》し詩有りて欣《よろこ》びを誌《しる》す。千《せん》秋《しゅう》の勝景《しょうけい》亦た多く磨《ま》し　夢裏《むり》に親朋碧《しんぼうへき》波《は》を隔《へだ》つ　憂楽希文《ゆうらくきぶん》は天下の事　流霞《りゅうか》一飲《いちいん》すれば酔顔酡《すいがんだ》なり　舜臣先生何を以て我に和《わ》するや。

◉**胸中成竹**　作画の心得。竹をえがくときは、まず胸中に竹ができあがっていなければならないという。蘇軾のことば。

◉扶桑　日本のこと。東方海上にある伝説上の国。

◉双蝶　黄遵憲の『日本雑事詩』に「三三九度」と題する詩につぎの句がある。

君看《み》よ壺頭の双蛟蝶《そうきょうちょう》
夫夫　婦婦　相い離れず

けだし壺に蝶結びのリボンがついていることであろう。

◉酡　酔って顔が赤くなること。

◉伉儷　夫妻のこと。『春秋左伝』による。

◉希文　宋の范仲淹（九八九―一〇五二）のあざな。「先憂後楽」のことばで名高い。画人范曾は范仲淹の後裔と称している。彼は岡山で松田基氏たちと飲み、その地の名園「後楽園」が、遠祖のことばにちなむことから、憂楽希文天下事の句を発想したのであろう。

画人はものをえがくまえに、胸中にすでにそのもののかたちができあがっているという。范曾先生のこの絵も、胸中に構図ができあがってから、墨をすられたのであろう、あなたが身を置いておられる硯の海には、世間の名利の波は立たない。ちょうど日本は早春にあたっている。ご夫妻でおいでになったのだから、三三九度に用いる双蝶の壺でお飲みになり、お二人で酔い、ほんのり染まった顔をならべていただきたい。

別館牡丹園

神戸元町老酒家
得名豊艶牡丹花
當壚四季調風味
操俎無忘負鼎誇

別館牡丹園主人王炳熾氏素与余友誼至篤。惜哉前年以病卒於香港。菜館由嗣子継之。生意仍興隆。

別館牡丹園《べっかんぼたんえん》

神戸元町《こうべもとまち》の老酒家《ろうしゅか》
名《な》を豊艶《ほうえん》なる牡丹花《ぼたんか》に得《え》て
壚《ろ》に当《あ》たり四季《しき》風味《ふうみ》を調《ちょう》す
俎《そ》を操《あやつ》り負鼎《ふてい》の誇《ほこり》を忘《わす》れる無《な》し

別館牡丹園主人王炳熾《おうへいしょく》氏は素《もと》と余《よ》と友誼《ゆうぎ》至《いた》って篤《あつ》し。惜《お》しい哉《かな》前年《ぜんねん》病《やまい》を以《もっ》て香港《ホンコン》に卒《しゅっ》す。菜館《さいかん》は嗣子《しし》に由《よ》って之《これ》を継《つ》ぐ。生《せい》意《い》仍《な》お興隆《こうりゅう》す。

◉当壚　酒などをあたためるいろりを「壚」という。司馬相如夫人の文君が酒家をひらいて当壚（燗番）した逸話が『史記』にみえる。

◉操俎・負鼎　『史記』殷紀に、名臣伊尹《いいん》が湯王に王道を説こうとしたが、縁故がないので、料理人となって近づき、美味をすすめて説くを得たことをのせる。――「鼎俎を負い、滋味を以て湯に説き、王道を致せり」

神戸元町のふるい中華料理店は、ゆたかであでやかな牡丹の名をとり、四季、その場で風味を調している。先代の王さんは、料理は人の心を近づけ、美味は王道を致すことさえできるという。俎を操り鼎を負う者の誇りを忘れなかった。

翡翠

費竭錦嚢千慮交
婆娑結軌倦推敲
海南書幌桄榔樹
斑白空窺翡翠巣

翡翠珍禽。陳子昂曰巣南海、徐晶曰巣書幌、梅堯臣詩有句、行識桄榔樹、初窺翡翠巣、云。

翡翠《ひすい》

錦嚢《きんのう》を費《つい》やし竭《つく》し千慮《せんりょ》交《まじ》わる
婆娑《ばさ》すれば　軌《き》を結《むす》び推敲《すいこう》に倦《つか》る
海南《かいなん》　書幌《しょこう》　桄榔《こうろう》の樹《じゅ》
斑白《はんぱく》　空《むな》しく窺《うかが》う翡翠《ひすい》の巣《す》

翡翠《ひすい》は珍禽《ちんきん》なり。陳子昂《ちんすごう》は南海《なんかい》に巣《すく》うと曰《い》い、徐晶《じょしょう》は書幌《しょこう》に巣《すく》うと曰《い》う。梅堯臣《ばいぎょうしん》の詩《し》に句《く》有《あ》り、行《ゆ》きて識《し》る桄榔樹《こうろうじゅ》、初《はじ》めて窺《うかが》う翡翠《ひすい》の巣《す》、と云《い》う。

◉**錦嚢**　中唐の李賀（七九一―八一七）は、つねに錦嚢をたずさえ、佳句を得ると書きつけて、そのなかにいれたという。
◉**婆娑**　袖や裾をひるがえして往来する。
◉**結軌**　ワダチが交錯すること。
◉**書幌**　書斎の日よけの幕。書帷。
◉**桄榔**　クロツグ。熱帯に産する棕櫚《しゅろ》に似た植物。
◉**斑白**　ごましお。半ば白髪のこと。

貯めておいた佳句をつかいはたして、さてこれからどうすればよいのか、心配でたまらない。あちらこちら、うろうろすると道に迷いそうで、推敲にもつかれてしまった。ところで翡翠という珍禽は霊力がありそうだから、それをつかまえて頼ろうか。だが、それがどこにいるのか、人によって言うことがまちまちだ。海南にいるとか、書幌にとまっているとか、桄榔樹にすむとか。髪も半ば白くなっているのに、どこにいるかわからない翡翠の巣をさがすなど、むなしいことではないか。

甲子同年

甲子華輪驀地巡
紛紛換了往來人
應傾萬斛還童水
浣盡心肝六秩塵

甲子同年小泉恭子梅影女士均逾六十華甲。乙丑六月一夕小酌互相慶賀。

甲子同年《こうしどうねん》

甲子《こうし》の華輪《かりん》　驀地《ばくち》に巡《めぐ》り
紛紛《ふんぷん》として換《か》え了《おわ》んぬ往来《おうらい》の人《ひと》
応《まさ》に万斛《ばんこく》の還童《かんどう》の水《みず》を傾《かたむ》け
浣《あら》い尽《つく》すべし心肝六秩《しんかんろくちつ》の塵《ちり》

甲子同年の小泉恭子梅影女士均《ひと》しく六十華《か》甲《こう》を逾《こ》ゆ。乙丑六月一夕小酌《いっちゅうろくがついっせきしょうしゃく》して互相《ごそう》に慶賀《けいが》す。

◉**驀地**　たちまち。
◉**万斛**　斛は石におなじ。斗の十倍。量の多いこと。
◉**還童**　若返りのこと。
◉**六秩**　十年を一秩とかぞえる。

十干十二支の甲子の花ぐるまは、たちまちまわってきました。そのあいだ、おたがいの人生に、さまざまな人が登場しては去り、去ってはまたあらわれたのです。このあたりで、ひとつ、大量の若返りの水を浴びて、心肝につもった、六十年の塵を洗いおとしてしまおうではありませんか。

級友

人境結廬多少難
年頽歯軟越梅酸
青衫紅袖都腰痛
猶按新詩春夢殘

乙丑春、受ＮＨＫ放送文化賞。小学校同窓諸友為余開祝賀会於神戸三輪。宴席話題、健康事占多。

級友《きゅうゆう》

人境《じんきょう》に廬《ろ》を結《むす》ぶは多少《いくばく》の難《なん》ぞ
年頽《としくず》れ歯軟《はやわら》かにして越梅酸《えつばいさん》たり
青衫《せいさん》も紅袖《こうしゅう》も都《すべ》て腰痛《ようつう》
猶《な》お新詩《しんし》を按《あん》じて春夢《しゅんむ》残《のこ》れり

乙丑春、ＮＨＫ放送文化賞を受く。小学校同窓諸友、余が為に祝賀会を神戸三輪《みつわ》に於て開く。宴席《えんせき》の話題は、健康の事が多きを占《し》めたり。

◉**人境結廬**　陶淵明の『飲酒』其五に「結廬在人境」の句あり。世俗のなかに住むこと。
◉**歯軟**　韓偓《かんあく》（八四四―九二三）の詩に「手香江橘嫩　歯軟越梅酸」の句がある。
◉**青衫**　古代の学生服。青年のこと。
◉**紅袖**　若い女性のこと。

この世俗に住んでいると、難儀は免れがたいものだ。おたがいに年をとり、歯もがたがたになって、梅の酸っぱさがひとしおしみる。かつての若き男女も、いまはたいてい腰痛その他からだの不調を訴えている。それでも新しい詩を作ろうとして、まだ残っている夢をかき立て、がんばっているのだ。

哈費茲廟《ハーフィズびょう》

酒家《しゅか》深《ふか》く鎖《とざ》して箜篌《くご》を断《た》つ
歌舞《かぶ》　恨《うら》むらくは蛟蜃《こうしん》の楼《ろう》無《な》し
偽善《ぎぜん》の商廛《しょうてん》　門《もん》大《おお》いに闢《ひら》き
詩人《しじん》の廟苑《びょうえん》　遨遊《ごうゆう》に足《た》る

伊朗《イラン》の夕拉茲《シラーズ》市に波斯《ペルシャ》名詩人哈費茲《ハーフィズ》の霊《れい》廟《びょう》有《あ》り。閑人擁擠《かんじんようせい》す。

哈費茲廟

酒家深鎖斷箜篌
歌舞恨無蛟蜃樓
偽善商廛門大闢
詩人廟苑足遨遊

伊朗夕拉茲（Shirāz）市有波斯名詩人哈費茲（Hāfiz）霊廟。閑人擁擠。

◉**哈費茲**　Hāfiz（1326―1390）ペルシャの詩人。ゲーテがこの詩人の独訳に感動して、『西東詩集』を作ったことで知られる。

◉**酒家深鎖**　一三五三年、ムバーリズがシラーズを占領し、イスラム教の戒律をきびしく実行し、酒場を閉鎖し、歌舞を禁じた。

◉**箜篌**　ハープのこと。

◉**蛟蜃楼**　蜃気楼。蛟（みずち）と蜃（大はまぐり）は怪変を作《な》すとされていた。

◉**偽善商廛**　ムバーリズの禁欲強制時代、ハーフィズは、「酒家の門がとざされても神よ安心してください、虚偽と偽善の店の門が、かわりにひらかれますから」という意味の詩を作っている。

◉詩人廟苑　ハーフィズは生前、自分の墓について、つぎのような詩をつくっていた。

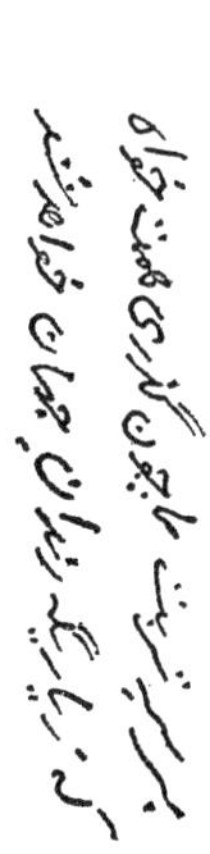

心せよわが墓よぎるともがらよ　いずれ婆娑羅《ばさら》の札所《ふだしょ》ぞここは（陳訳）。

◉遨遊　気ままに遊ぶ。李白に

三山動逸興　五馬同遨遊

の句あり。

いまのイランは、ホメイニのイスラム革命によって、六百数十年前のムバーリズ時代のように戒律がきびしく、酒場はとざされ、ハープの音ひとつきこえない。歌舞などは論外で、蜃気楼のなかでしかたのしめない。ハーフィズがうたったように、酒場のかわりに偽善の店の門がひらかれているのではあるまいか。ハーフィズはあまりイスラムの戒律を守らなかったようだが、幸いなことに彼の墓は手入れが行き届いて、行楽の人でにぎわっていた。ちょうどメッカ巡礼のシーズンで、巡礼の出発地のシラーズには多くの人が集まっているのだ。巡礼といえば、ハーフィズは、自分の墓がいずれ放浪者《ヴァガボンド》の巡礼所になるだろうと予言していたが。

游普陀山
和王安石游洛迦山韻

普濟觀音寺
扶桑慧蕚開
蓮洋搖月穩
梅嶺避殃來
懦府偸安久
驕船鼙鼓回
黃粱何處熟
脱帽撣輕埃

乙丑秋余游舟山。宋王安石曾任知鄞県時、游舟山作五律一首。「游洛迦山」是也。

山勢欲圧海
禅宮向此開
魚龍腥不到

普陀山《ふださん》に游《あそ》ぶ
王安石《おうあんせき》の「洛迦山《らっかざん》に游《あそ》ぶ」の韻に和《わ》す。

普済観音寺《ふさいかんのんじ》
扶桑《ふそう》の慧蕚《えがく》開《ひら》く
蓮洋《れんよう》は月《つき》を揺《ゆ》りて穏《おだや》か
梅嶺《ばいれい》は殃《わざわい》を避《さ》けて来《きた》る
懦府《だふ》　偸安久《とうあんひさ》しく
驕船《きょうせん》　鼙鼓《へいこ》して回《めぐ》る
黄粱《こうりょう》　何処《いずこ》にか熟《じゅく》す
帽《ぼう》を脱《ぬ》ぎて軽埃《けいあい》を撣《はじ》く

乙丑《いっちゅう》秋余舟山《しゅうざん》に游ぶ。宋《そう》の王安石曾《かつ》て知《ち》鄞県《きんけん》に任《にん》ぜし時《とき》、舟山に游び五律一首《ごりついっしゅ》を作《つく》る。「洛迦山《らっかざん》に游《あそ》ぶ」是《これ》なり。

山勢《さんせい》　海《うみ》を圧《あっ》せんと欲《ほっ》し
禅宮《ぜんくう》　此《ここ》に向《お》いて開《ひら》く
魚竜《ぎょりゅう》　腥《なまぐさ》きは到《いた》らず

日月影先来
樹色秋撃出
鐘声浪答回
何期乗吏役
暫此払塵埃

日月《にちげつ》　影《かげ》は先《ま》ず来《きた》る
樹色《じゅしょく》　秋《あき》は撃出《けいしゅつ》し
鐘声《しょうせい》　浪《なみ》は答回《とうかい》す
何《なん》ぞ期《き》せん吏役《りえき》に乗《じょう》じ
暫《しばら》く此《ここ》に塵埃《じんあい》を払《はら》わんとは

◉普陀山　中国浙江省舟山列島にある島。面積十二平方キロの島は、全島が観音の霊場とされている。南インドのマラバル海岸に近いポタラカ（Potalaka）が観音の住むところとされ、普陀洛迦という漢字があてられた。舟山の普陀山のすぐそばに、さらに小さい洛迦島があり、両島で普陀洛迦となる。王安石は慶暦七年（一〇四七）、二十七歳で知鄞県（寧波の県長）となり、足かけ三年在職したが、その間に管轄下の舟山列島を巡歴し、洛迦山で五言律詩をつくった。

◉普済　普陀山の観音をまつる最大の寺に、清の康熙三十八年（一六九九）、「普済群霊」（群霊を普《あまね》く済《す》う）の額が下賜され、それ以後、普済寺と称されるようになった。

◉慧蕚　生没年、俗姓など不詳。嵯峨天皇の皇后である橘《たちばなの》嘉智子《かちこ》が、中国の五台山への寄進を思い立ち、その使いとして入唐すること、ほぼ四回に及んだ。唐の大中十二年（八五八）、五台山で観音像を得て帰国しようとしたが、普陀山の沖で船がうごかなくなり、慧蕚は観音菩薩が日本へ行きたくないのだと判断し、ここに小庵を設けて安置した。それまで梅嶺と呼ばれた島は、普陀山と改名された。日本の僧で中国の大寺院の開基となったのは慧蕚だけである。

◉蓮洋　普陀山一帯の海面を蓮花洋と呼ぶ。
◉梅嶺　前漢末、王莽の乱を避けて、梅福という仙人がこの島に来て、仙丹を練ったと伝えられ、島名を梅嶺と称されてきた。
◉懦府　軟弱でにえきらない政府。清朝政府のこと。
◉驕船　おごりたかぶった船。イギリス艦隊は、アヘン戦争（一八四〇―一八四二）のとき、舟山列島を占領した。
◉鼙鼓　攻撃の太鼓。白居易の『長恨歌』に、「漁陽の鼙鼓、地を動《とよも》して来たる」の句あり。
◉黄粱　唐の伝奇『枕中記』に、盧生という青年が邯鄲《かんたん》の宿で、栄華をきわめた夢をみたが、それは黄粱を炊いているあいだのことにすぎなかったという故事をのせている。

舟山列島の普陀山を訪れた。観音の霊場であり、最も大きい寺は普済寺と呼ばれる。この霊場は、日本の僧慧蕚がひらいたものである。慧蕚の乗った船は、蓮花洋でうごかなくなったという。その海は月影をかすかに揺りうごかしておだやかである。むかしこの島は、梅福という仙人が、乱世を避けてきたことから梅嶺と名づけられた。慧蕚が観音像を奉じてから改名されたのである。動乱がとどかない平和の島とおもわれたが、十九世紀半ばのアヘン戦争で、イギリス軍はこのあたりを占領した。軟弱な清朝政府は、うちつづく平和に狎れて、それを防ぐことができなかった。戦争の結果、香港を奪われたが、それも一世紀半も前のこととなった。香港もやがて中国に復帰することになる。まさに邯鄲の夢で、アヘン戦争当時に炊いた黄粱が、まだそのあたりで煮えているようなかんじがして、おもわず帽子をぬぎ、軽く積もっている埃をはじいてみた――。

厦門

一隻思明鷺
念歸縫白雲
故郷秋未老
莫復恨離羣

厦門《アモイ》

一隻《いっせき》の思明《しめい》の鷺《ろ》
帰《かえ》らんと念《ねん》じて白雲《はくうん》を縫《ぬ》う
故郷《こきょう》秋《あき》未《いま》だ老《お》いず
復《ま》た離羣《りぐん》を恨《うら》む莫《な》かれ

◉思明　鄭成功（一六二四―一六六二）は福建の厦門を思明州と名づけた。明王朝を思うという意味である。

◉鷺　厦門近辺は鷺が多く、このまちの雅称を鷺江という。このあたりもいわゆる公害があり、鷺の数はめっきり減ったが、この数年来、対策が成功したのか、ようやく鷺のすがたが見られるようになったという。

厦門名物の鷺が一羽、青空高く、くっきりとみえる。鷺は公害のため、しばらくすがたを消していたが、やはり故郷恋しさのあまり、白雲を縫うようにして戻ってきた。その故郷は、まさに秋たけなわである。やがて仲間の鷺たちも、おいおい追ってくることであろう。群からはなれたことを、もう恨むことはないのだ。

和従維熙先生韻

徘徊践歴似蝸牛
頑石依然未點頭
碧血淡濃深幾許
丹心一片白雲留

乙丑十月、余游北京。中国作家協会従維熙先生贈余絶句一首如左。

牛年再逢孺子牛
文苑耕耘到白頭
碧血丹心化翰墨
心香一気人間留

此歳四月、従先生訪日。曾在神戸面晤。

従維熙先生《じゅういきせんせい》の韻《いん》に和《わ》す。

徘徊《はいかい》して践歴蝸牛《せんれきかぎゅう》に似《に》たり
頑石《がんせき》　依然《いぜん》として未《いま》だ点頭《てんとう》せず
碧血《へきけつ》　淡濃《たんのう》　深《ふか》きこと幾許《いくばく》ぞ
丹心一片《たんしんいっぺん》　白雲《はくうん》に留《とど》む

乙丑十月、余《よ》北京に游ぶ。中国作家協会従維熙《じゅういき》先生、余に絶句一首《ぜっくいっしゅ》を贈《おく》る、左の如し。

牛年《ぎゅうねん》　再《ふたた》び逢《あ》う孺子《じゅし》の牛《うし》
文苑《ぶんえん》　耕耘《こううん》して白頭《はくとう》に到《いた》る
碧血《へきけつ》　丹心《たんしん》　翰墨《かんぼく》と化《か》し
心香一気《しんこういっき》　人間《じんかん》に留《とど》む

此の歳《とし》四月、従先生訪日す。曾《かつ》て神戸に在って面晤《めんご》せり。

◉頑石点頭　梁の生公が虎邱山で説法したとき、無心の石でさえうなずいたという。

◉碧血　精誠の人は血が青いという。周の萇弘は忠諫が容れられずに自殺したが、三年たってその血がエメラルドと化した、と『荘子』にみえる。中唐の李賀の詩に、「恨血千年土中碧」の句あり。

◉孺子牛　子供を背にのせることを、日本ではおウマというが、中国では孺子（子供）の牛という。魯迅の『自嘲』と題する詩に、

横眉冷対千夫指
俯首甘為孺子牛

という有名な句がある。

のろのろと、かたつむりのような歩みであった。梁の生公のことばに、虎邱の石さえうなずいたというが、私の筆力はまだそこまで及ばない。碧血をもって書いているつもりだが、むらがあり、深さもどれほどだろうか。こころもとない。ただ一片の丹心を、白雲にとどめたいとおもうだけである。

歡喜歌

人間甲子在須臾
殘夢流螢不可摸
搔首欲聽歡喜曲
中秋半學舊音符

歳末斉唱貝多芬第九交響曲歡喜歌、似為
日本新慣例。

歡喜《かんき》の歌《うた》

人間《じんかん》の甲子《こうし》は須臾《しゅゆ》に在《あ》り
残夢《ざんむ》も流蛍《りゅうけい》も摸《も》すべからず
首《こうべ》を搔《か》いて聴《き》かんと欲《ほっ》す歡喜《かんき》の曲《きょく》
中秋《ちゅうしゅう》　半《なか》ば学《まな》ぶ旧音符《きゅうおんぷ》

歳末に貝多芬《ベートヴェン》の第九交響曲歡喜の歌を斉《せい》唱《しょう》するは、日本の新しき慣例と為《な》るに似たり。

この人の世ですごす歳月などは、ほんとうに、あっというまにすぎない。なにやらすばらしい夢をみたかんじもするし、ピカピカとみごとなものが、蛍のように我が人生を飛んでよぎった気もするが、じっさいにこの手でとらえたであろうか。そんなことを考えると、私は頭をかくほかない。歳月のシンボルは、いまや十二月でうたう習慣になっているベートヴェンの第九交響曲の歡喜の歌だが、それをしみじみと聴いてみたい。十二月にそれをうたい、これで一年がすぎたという実感をおぼえるのだが、その歌をけんめいに練習して、中秋の名月のころには、ほぼ半ばできあがっている。

逆　旅

逆旅同爲客
浮生離合多
氷壺醪醴盡
益似戀燈蛾

逆旅《げきりょ》

逆旅《げきりょ》　同《おな》じく客《かく》と為《な》り
浮生《ふせい》　離合《りごう》多《おお》し
氷壺《ひょうこ》　醪醴《ろうれい》尽《つ》き
益〻《ますます》恋灯《れんとう》の蛾《が》に似《に》る

◉**逆旅**　逆は迎に同じ。旅人を迎える。旅館のこと。
◉**浮生**　はかない人生。杜甫に、「是非何処にか定まる。高枕して浮生を笑う」の句あり。『荘子』に「其生若浮、其死若休」という。
◉**醪醴**　濃いうま酒。梅堯臣《ばいぎょうしん》の詩に、「我が壺に醪醴無し」の句あり。

この世ははたごや、先人はげにもうまいことを言った。たまたまおなじ時代に、おなじこの世に生をうけながら、定めないこの人生では、会ったかとおもえば、すぐに別れなければならない。ままならぬものだ。わたしの人生の最良の時期はもう過ぎ去ったけれど、それだからこそよけい、灯を慕う蛾のように、光りかがやくものに心が惹かれてゆく。

托鉢

托鉢窮途涙
人間泡影繁
壺中般若水
難洗五情痕

托鉢《たくはつ》

托鉢《たくはつ》 途《みち》に窮《きゅう》して涙《なみだ》す
人間《じんかん》 泡影《ほうえい》繁《おお》し
壺中《こちゅう》 般若《はんにゃ》の水《みず》
洗《あら》い難《がた》し五情《ごじょう》の痕《あと》

◉窮途涙　竹林の七賢の一人である魏の阮籍《げんせき》は、まっすぐに進み、途《みち》が窮まったところで哭いてひき返したという。

◉般若水　梁の簡文帝の詩に「般若の水を流し　意識の塵を洗う」の句あり。般若とは、さとりのこと。僧徒の隠語として、般若湯は酒を意味する。

◉五情　仏語では、眼、耳、鼻、舌、身にある欲情をいう。

人生は鉢をかかえて、布施をもとめる旅にほかならない。しばしば途方にくれて涙を流すことがある。この人の世に、うたかたの泡の影が、なぜこんなに多いのであろうか。わが胸にいくばくかのさとりの水はあるが、それでもって、五情の痕跡を、すっかり洗い流すことはできない。

刺舌

乳臭難消白髪添
多年舐筆筆鋒尖
仍留舌内初心血
一刺淋漓氣也炎

乙丑秋撰孔融故事有感。

舌《した》を刺《さ》す

乳臭《にゅうしゅう》消《け》し難《がた》く　白髪《はくはつ》添《ま》す
多年《たねん》筆《ふで》を舐《な》め筆鋒《ひっぽう》尖《とが》る
仍《な》お舌内《ぜつない》に留《とど》む初心《しょしん》の血《ち》
一《ひとた》び刺《さ》せば淋漓《りんり》として気も也《ま》た炎《えん》ならん

乙丑秋孔融《いっちゅうあきこうゆう》の故事《こじ》を撰《せん》して感有《かんあ》り。

孔融（一五三―二〇八）のことを小説に書こうとして『後漢書』を読む。この剛胆な直言の士は、舌鋒するどく、権力者におもねることがなかった。だからついには曹操に殺されてしまった。私は孔融よりも年をとり、文筆生活も長いのに、まだ幼稚なところがあり、ただいたずらに白髪がふえるばかりだ。多年筆をなめて、筆先がとがってきたはずである。舌のなかには稚拙だが純粋な血がまだ流れているだろう。思いきりそこを刺し、どっとその血を流してみようではないか。意気また軒昂となるかもしれない。

恵理

相逢恵理喜抱携
戴白纏綿想洛西
六甲山房春漸老
護花翁願作春泥

外孫女恵理。癸亥出生。住在洛西。

恵理《えり》

恵理《えり》に相逢《あいあ》い喜《よろこ》びて抱《いだ》き携《つな》ぐ
白《しろ》きを戴《いただ》くも纏綿《てんめん》として洛西《らくせい》を想《おも》う
六甲山房《ろっこうさんぼう》　春《はる》漸《ようや》く老《お》い
花《はな》を護《まも》るとて翁《おう》は春泥《しゅんでい》と作《な》らんと願《ねが》う

外孫女《がいそんじょ》の恵理《えり》、癸亥《きがい》（一九八三）出生《しゅっせい》。
住《す》みて洛西《らくせい》に在り。

◉護花・春泥　一三三頁参照

京都に住むまごむすめの恵理が、たまにやってくると、こちらは大喜びで抱いたり、手をつないだりする。頭はもう白く、いい年なのに、京都の彼女のことを、纏綿と想いつづける。ここ六甲山房も春の盛りがすぎて行く。つぎに咲く花を護りたい一心の翁《おきな》は、それを育てる春泥になることを願っている。

示左其

投刺新登著作庭
仲弓裔冑重傳經
阿公抖擻驅金馬
稚子無憂逐亂螢
五世續載探藥客
一朝同跨摩雲翮
蓬萊煉盡醍醐味
熱願繼承如寫瓶

長孫左其、壬戌出生。住在東京。

左其《さき》に示《しめ》す

刺《し》を投《とう》じて新《あら》たに登《のぼ》る著作《ちょさく》の庭《にわ》
仲弓《ちゅうきゅう》の裔冑《えいちゅう》　伝経《でんきょう》を重《おも》んず
阿公《あこう》は抖擻《とうそう》して金馬《きんば》を駆《か》るに
稚子《ちし》は憂《うれ》い無《な》く乱蛍《らんけい》を逐《お》う
五世《ごせい》続《つづ》けて載《の》す探薬《たんやく》の客《かく》
一朝《いっちょう》　同《おな》じく跨《また》がらん摩雲《まうん》の翮《はね》
蓬莱《ほうらい》に煉《ね》り尽《つく》せし醍醐《だいご》の味《あじ》
熱願《ねつがん》す継承写瓶《けいしょうしゃびょう》の如《ごと》くならんと

長孫左其《さき》、壬戌《じんじゅつ》（一九八二）出生。住《す》みて東京に在り。

◉**投刺**　名刺をもって訪れる。こちらから積極的に出むくこと。

◉**著作庭**　後漢の班固《はんこ》（三二―九二）の『西都賦』に、有承明、金馬、著作之庭。（承明や金馬のような著作の庭がある）の句あり。前漢長安の未央《びおう》宮の承明殿は宮廷の著述の場所であった。また武帝が大宛の汗血馬を得たとき、その馬の銅像を立てた金馬門は、文学の士が出仕する場所であった。

◉仲弓　後漢の名士陳寔《ちんしょく》（一〇四―一八七）のあざな。太丘県長であったが、宦官の専横に反対し、投獄されても屈しなかった。潁川《えいせん》の陳氏には陳寔を遠祖と仰ぐ家系が多く、我が家もそうである。この家系から唐代には三蔵法師玄奘が出た。

◉裔冑　遠い子孫。

◉阿公　祖父のこと。

◉抖擻　ぶるぶるふるえる。発奮すること。

◉無憂　杜甫の詩に、「稚子無憂走風雨」の句あり。

◉摩雲翎　雲にせまるばかりの翎《はね》。翎は鳥の羽毛で、功労ある者がそれを帽につけた。王履《おうり》の詩に、「金仙《きんせん》、已《すで》に跨《またが》る摩雲の翎」の句あり。

◉蓬莱　『史記』に東海の三神山として、蓬莱、方丈、瀛洲《えいしゅう》の名をあげている。秦の始皇帝は、東海に不老不死の薬をもとめるため、方士の徐福を派遣した。扶桑とともに日本の雅称になっている。

◉醍醐　仏典では、五味のなかの最高とされる乳製品のことから、涅槃をも意味する。

◉写瓶　一つの瓶の水を他の瓶に移すように、師が弟子に秘法をもれなく授けること。仏教の用語である。長安青龍寺の恵果が、日本の空海に伝法阿闍梨位を授けたとき（八〇五）も、「写瓶の如し」と形容されている。

おもえば、わたしは小説をかいて応募し、この日本でようやく文筆人の一人として認められるようになった。わたしたちが遠祖と仰ぐ陳寔仲弓公の後裔は、唐の玄奘のように、遠い土地から経を伝える交流の仕事を重んじてきた。わたしも日中両国を結ぶような仕事を志した。そのためきみのおじいさんは、金馬門にむらがる文士のなかから抜きん出ようと、がんばっている。いまきみは幼く、憂いを知らず、あたりを飛びかう蛍を追って、たわむれている。闇のなかの蛍のひかりを、心ゆくまで追うがよい。これからも光明を追う人であれ。きみの代でわが家は日本にきて五世になる。二千数百年前に、秦からこの島にやってきた徐福は、始皇帝の命令で薬を探すために海を渡ったという。わたしたちもおなじように、この世に役に立つものを、ずっとさがしもとめてきたのだ。いつの日か、雲にとどかんばかりの翼に、きみといっしょにまたがって、自在に翔びまわりたい。わたしがここで煉りあげた、いくばくかの業績があるとすれば、ささやかであるが、力いっぱいやった結果である。それを一滴ももらさずに、きみに伝えたいという熱い願いが、いつもわたしの胸にみちている。

澄懐集　あとがき

あとがき

漢詩は平仄や韻など約束ごとが多いが、じつはそれがかえって情感の通い路を踏みかためる効果があり、自分の想いが、ふしぎなほどすなおに表現されてしまう。これは作ってみて、自分でも驚いたことだった。私がときどき漢詩を作るのは、そんな自己確認の作業の一つとしてである。誰のためでもない。

明治以前、漢詩に親しむのは、日本の知識

人の必須の教養であり、それだけに愛好者も多かった。だが、近代化に従って、その伝統は薄くなり、明治期にはなんとか維持した新聞の漢詩欄も、大正期にはすがたを消してしまった。愛好者がほとんどいなくなったのである。したがって、私は漢詩を作っても、公けにすることを考えたことはなかった。

一九八四年、還暦を迎えるにあたって、私はプレゼント用に、私家版の漢詩集をつくり、『風騒集』と題した。本書とおなじ自作自註で、古くから例はあるが、自釈加まではいるのは、いささか行き過ぎという気がする。しかし、これはやむをえないとおもう。『風騒集』は、のちに平凡社の慫慂によって公刊版を出したが、もちろん部数は限られていた。そのときのあとがきにも述べたが、作家の心象風景は公開すべきものとおもう。このたび成瀬書房の成瀬隼人氏から、その後の作品を編むことをすすめられ、おなじ考えで、おうけすることとした。

『風騒集』以後の二年――甲子（一九八四）と乙丑（一九八五）の作である。応酬の詩が二首、乞われたのが一首あり、あとは誰に頼まれたのでもなく、折にふれて、仕事の合間に作ったもので、ほとんどすべてが「偶成」といってよいだろう。

一九八六年八月二日
六甲山房にて

陳舜臣

陳舜臣の漢詩世界

加藤　徹（中国文化研究）

人は誰しも自分の人生を生きる。自分が生を享けた時代を精一杯生きる。同じ人間は二度と現れない。文学は、そんな一回性の人生を徹底的に描くことで、かえって人間の普遍的な本質を浮き彫りにする。そんな逆説は、文学がもつ魔法であろう。

陳舜臣先生の作品は、文学の魔法に満ちている。推理小説、歴史小説、随筆、論説、漢詩。博学多識の先生の著作は多岐にわたるが、底流には「一を以て之を貫く」ものがある。それは、ご自分が生きた近現代の激動の時代に対する熱い思いであり、自分が生まれた時代を生きるしかない人間に対する深くやさしい眼差しである。

「天空の詩人　李白」について

唐の詩人・李白（七〇一―七六二）は、一般には、酒と旅を愛した自由奔放な詩人として認識されている。杜甫が「詩聖」すなわち詩の聖人とたたえられるのに対し、李白は「詩仙」すなわち詩の仙人と称せられる。その他、天衣無縫で飄逸な李白を「天才」、現実社会の矛盾を詠んだ杜甫を「地才」、詩才はあるが李白や杜甫ほどではない王維を「人才」、怪奇幻想の世界を詠んだ李賀を「鬼才」と評する向きもある。

李白は天才であり詩仙であった。が、陳先生は、李白が書き残した漢詩をもとに彼の人生を推理し、彼の心の内面に肉薄する。

李白と陳舜臣。異なる時代を生きた二人の文人の人生には、意外な共通項がある。

陳先生は一九二四年、神戸で貿易業を営む台湾系の商家に生まれた。神戸は開明的な街だが、当時の日本人が中国や台湾を見る目は複雑だった。陳先生は幼い時から、台湾と日本のあいだで、自分は何者か、自分が生を享けた時代はどうしてこのようになったのかを、日々考えた。一九四一年、陳先生は大阪外国語学校（現在の大阪大学外国語学部）の印度語部に入学し、ヒンディー語とペルシア語を専攻した。自伝的小説『青雲の軸』によれば、若き日の陳先生は、植民地であったインドに対して強い共感をお持ちだった。陳先生は大学の研究者になる道を歩まれたが、一九四五年の終戦後、「台湾人」は本人の意思に関係なく日本国籍を喪失した。当時の日本では国立大学の教員は日本国籍の日本人に限られた。ヒンディー語やペルシア語の研究の場は、国立大学にしかなかった。陳先生は自分の意思に関係なく、大学教授への道を絶たれた。その後、陳先生は生活のため、家業である貿易の仕事に従事した。一九六一年、推理小説「枯草の根」で江戸川乱歩賞を受賞。以後のご活躍は、周知のとおりである。

陳先生は、自分が生きた近現代の激動に対する熱い思いをお持ちだが、それを声高に主張されることはない。

「なぜ李白に興味をもったのか？

彼はわからない人物だったからである。」（一〇頁）

とさらりと書く陳先生の静かな筆先には、時折、電撃のように熱い思いがほとばしる。

「なぜ人はものを書くのか？　私たちは『史記』を書いた司馬遷のことばを思い出す。（中略）著作する人はみな心に鬱結するところがあり、だから今は理解されなくてもせめてそれを

後生の人に伝えようとするのである。」（七〇頁〜七一頁）
かつて司馬遷は、自分が生きた漢の武帝の時代を描くために、太古にさかのぼって筆を起こし、不滅の歴史書『史記』を書いた。陶淵明も（八〇頁）、李白も、陳舜臣先生も、文学の筆を執る動機は同じだった。
二十世紀の激動を体験された陳先生は、人間が国家や民族の枠組みから自由になること、人間は誰しも自分さがしの旅人でありその旅を続けること自体に人間の本質があること、などをテーマとして、さまざまな作品を上梓した。そんな陳先生は、神戸の台湾系の商家に生まれたご自分の生い立ちを、李白と重ねたのかもしれない。
李白が生きた唐の時代にも、民族的偏見はあった。
「李白胡人説の当否はともあれ、彼は同時代の詩人のなかでは、いささか変わった人間だったのである。」（一三頁）
「父は李白が五歳のころ西域から四川省に移住したらしいが、シルクロードで財をなした商人と思われる。」（三二頁）
李白の漢詩は不羈奔放《ふきほんぽう》だが、その根底に孤独があることを、陳先生は見逃さない。
「李白は剣と詩文によって、天下の有識者にその名を知られようとした。庶民という身分は、前にたちはだかる壁をより高いものにしていた。」（六七頁）
「おおぜいの友人に囲まれていても、その意味で彼は孤独をかんじていたはずなのだ。友人が多ければ多いほど孤独である。なぜなら自分は彼らとおなじでないと、あらためて思い知らされるからなのだ。」（六八頁）
かつて、これほど李白の心の内面に踏み込んだ李白論が、あったろうか。

出自ゆえに孤独であった李白は、れっきとした士族である杜甫や王維とも違う「天空の詩人」になった。いや、ならざるを得なかった。

「この世のものでない美しさというが、それよりも空高くとんで、下界を見下ろすイメージが大切である。それこそ李白の視線なのだ。」（二五頁）

「歴史を詠んだ詩は、李白にかぎらず誰もが高みにいる。」（四七頁）

残念ながら「天空の詩人　李白」は、陳先生のご病気のため、雑誌「群像」での連載途中で中断した。

陳先生の渾身の李白論が未完で終わったことは、象徴的である。李白も、陳先生も、そして私たちも、人はみな自分探しの旅人だ。旅の終わりは、当人にはわからない。現に、李白が世を去って千数百年もたつ今も、私たちは李白の漢詩を読み、彼の人生の旅を追体験している。その意味で李白の旅は今も続いており、未完である。

李白は人生の最後に、何を見たのか。陳先生は、どんな言葉で李白論をしめくくるおつもりだったのか。そもそも人生に、結論も答えも、ないのかもしれない。

「澄懐集」について

陳舜臣先生は一流の漢詩人でもいらっしゃる。

私事で恐縮だが、筆者が陳先生と知り合ったきっかけも漢詩だった。一九八三年の春、大学に入学する直前、生涯初めてのファンレターを、神戸の陳先生のご自宅にお送りした。今と違い、当時は図書館に行き「名士録」を見れば、有名人の自宅住所がわかった。若気の至りだが、自分で作った下手くそな漢詩まで添えて、自分は陳先生のファンであること、陳先生の作品に対する感想などを書いて送った。返事をいただけるとは期待していなかった。無知な若造でも、陳先生が非常にご多忙なかただとはわかっていた。

一九八四年の正月、陳先生から「御返事が遅くなり申し訳ありません。貴君の漢詩を読んで感心しました」というご丁寧な年賀状をいただいた。その後、漢詩集『風騒集』（一六五頁）まで送っていただいた。恐縮すると同時に、陳先生のやさしさに感激した。

陳先生は、本当の意味での「文人」でいらしたと思う。先生は作家、学者、詩人などさまざまな顔をお持ちだったが、それらは先生の優しいお人柄の中で融合していた。

陳先生の漢詩もまた、文学がもつ逆説の魔法に彩られている。

「漢詩は平仄《ひょうそく》や韻など約束ごとが多いが、じつはそれがかえって情感の通い路を踏みかためる効果があり、自分の想いが、ふしぎなほどすなおに表現されてしまう。これは作ってみて、自分でも驚いたことだった。」（一六四頁）

漢詩の「平仄」の規則は複雑だ。「平」はたいら、「仄」はかたむくという意味で、千年以上前の古典中国語のアクセントの種類を示す。平と仄のアクセントをもつ漢字の配列には「二四不同、二六対」（各行の二字目と四字目の平仄は、同じであってはならない。二字目と六字目は、平仄が同じでなくてはならない）その他の厳密な規則がある。

例えば、一三六頁の「婚を賀す」という七言絶句の「平仄」を左に示す。

難忘雲外故園情　平平平仄仄平平
十五壽官添一名　仄仄仄平平仄平

家業鶏林司火術　平仄平平平仄仄
傳封壺裡臥龍聲　平平平仄仄平平

「情」「名」「聲」で韻を踏む。韻も平仄も、現代の中国語ではなく、千年以上前の古典中国語の発音をふまえている。

この漢詩の意味内容は一三六頁以下に書いてあるが、筆者は三つの点に注目したい。

まず題材の独自性である。沈壽官（沈寿官）の祖先は、豊臣秀吉の朝鮮出兵の際に薩摩に連行された朝鮮人技術者の中の一人で、以後、歴代の当主が陶芸の技を代々継承してきた。その十五代目にあたる人物の結婚式、という歴史的一瞬が、記念写真のように、この漢詩に詠み込まれている。

次にユーモアである。「十五壽官添一名」という詩句を見ると、過去から現在まで十五代の歴代の男性がずらりと並んだ横に、「寿」の名をもつ新婦がちょこんと加わるという、ユーモラスなイメージを喚起される。

最後に哲学である。龍には、雷鳴とともに天空にのぼる「昇龍」もいれば、地上に姿をひそめて静かに力をたくわえる「臥龍」もいる。沈家の敷地の臥龍梅（枝や幹が地面をはうように伸びる梅の木）をふまえた「傳封壺裡臥龍聲」の一句には、熱い思いを臥龍のように奥底に秘めた芸術こそが人を感動させる、という陳先生の人生哲学を感じる。

陳先生の漢詩は、ご自分の人生体験を哲学とともに詠み込んだ傑作ぞろいである。

本書の刊行を機に、新しい読者が、人生の旅のなかで陳先生の作品と出会い、「情感の通い路」をふみしめ、励まされることを、願ってやまない。

◉**初出**

天空の詩人 李白　「群像」２００８年１月号〜７月号

澄懐集 甲子篇　１９８６年12月　成瀬書房刊

澄懐集 乙丑篇　１９８６年12月　成瀬書房刊

◉原本は限定１１３部の私家版として和装本で刊行された。

◉漢詩の字体は原本に揃えた。

◉現代語訳の部分は原本で一字アキのところを読点、二字アキのところを句点に置き換えた。

陳舜臣（ちん・しゅんしん）
1924年、兵庫県神戸市生まれ。43年、大阪外国語学校印度語部卒業。61年に『枯草の根』で江戸川乱歩賞を受賞してデビュー。69年に『青玉獅子香炉』で直木賞、70年に『玉嶺よふたたび』『孔雀の道』で日本推理作家協会賞、88年に『茶事遍路』で読売文学賞、91年に『諸葛孔明』で吉川英治文学賞、94年に日本芸術院賞など受賞多数。著書に『阿片戦争』『小説十八史略』『中国の歴史』『琉球の風』などがある。2015年1月、逝去。

天《てん》空《くう》の詩《し》人《じん》 李《り》白《はく》

2017年1月19日 第1刷発行

著者 陳舜臣《ちんしゅんしん》
発行者 鈴木 哲
発行所 株式会社 講談社
〒112-8001 東京都文京区音羽2-12-21
出版 03-5395-3504
販売 03-5395-5817
業務 03-5395-3615
本文データ制作 講談社デジタル製作
印刷所 豊国印刷株式会社
製本所 黒柳製本株式会社

ISBN 978-4-06-220419-4
N.D.C.914 174p 20cm